還想在你的未來聽到我

愛瑪 著

謹獻給K

目次

輯　三

友人／我們都喜歡的默契與溫度

輯　四

家人／愛和瞭解的正中間

輯五

別人／故事未完，沒有待續

輯六

情人／你的好夢，不必有我

輯七

舊事／一邊回頭，一邊往前走

小說

七生之地

後記

愛瑪的愛，是愛人的愛。

輯一

自己

一條能走一輩子的路

一輩子

在那場車禍之後的某一天，我明白了「一輩子」的意義。

我曾經是他的後座，幾乎是唯一。

那天早晨我們準備去買早餐，時速三十地騎著車，我從後面輕輕擁住他，像以往一樣。

「後面有車，我們靠邊一點。」看到後方的轎車靠近的時候，我在他耳邊說。

來不及，來不及了。

反應過來的時候，我先聽到機車車體拖曳在地面的聲音，似乎還有一些煞車聲，直到後來依舊無法記得，是我先倒在地面，還是機車先滑行出去。

但我是被甩在後方好幾公尺的，也許那時候，我從後座飛了起來，成為短暫的一隻天使，還飛不回天上，就又掉了下來，在新鋪好的瀝青上，唰——唰——地流下紅色軌跡。

血有沒有沾到地面呢？我不去在意，躺在地面上睜開眼睛的我，沒有在意。

視線從模糊變得清晰，世界是斜斜倒著的。

我爬了起來，一點都不覺得痛，拖著步伐走到他旁邊，他還側躺在地上，沒有起身。

「嘿。」我輕輕出聲，像以往一樣：「嘿，你還好嗎？」

他慢慢坐起，明白發生了什麼事，然後深深地望著我，沒有說一句話。

轎車車主趕過來詢問我們的時候，我輕輕回覆，然後聽到他在一旁低低說了聲

對不起。

傷口腫脹地開始痛了起來，長袖和長褲都磨破了些許，衣服纖維和傷口的砂石混雜在一起，血汩汩地流。

為什麼要道歉呢？我沒有問他，但是傷害我的人不是他呀。

「記得換紗布，保持傷口乾燥，」急診室醫師說：「傷口好得比較快。」

「好。」我們乖乖應答。

他為我照料傷口，一日三餐更換繃帶和藥的時刻，他總是先幫我把傷口細細處理完——通常在我一陣哀號後才會結束——時間大概過了十幾分鐘，然後輪到他的，三分鐘解決。

我看著他在自己的傷口上處理，沒有一點留情，輕輕皺著眉，手上的動作飛快且準確：食鹽水滴濕棉花棒，畫圓狀地清理傷口，上過碘酒之後，再用食鹽水清一遍，夾出紗布覆蓋傷口，以透氣膠帶固定，最後再套上網狀繃帶。

養傷的日子裡，我常常躲進夢裡，一睡就是大半天，彷彿離世界越遠，就可以好得越快。

想從他手裡學會包紮傷口的方法，相信自己總有一天，能為自己受的傷，完好的包紮，卻直到傷口復原，我都沒有自己換過一次紗布。

那些傷口的血，是在他的每次注視下，慢慢停止的，而我逐漸明白，有時候我們讓一個人受傷，裡頭有太多的不願意。

後來也明白，原來不是所有的傷，都會結痂，都會好起來並永不留疤。

「妳這個疤，一輩子不會好了。」過了一段時間後，一位醫生這樣對我說。

我不太懂，當時我的確按照醫生說的換藥、休養了，為什麼還是留下那麼複雜的疤痕。

有幾處傷口皮膚鼓鼓地腫起，而那些漸漸削平下去的，也沒真正把色素褪得乾淨，依然死死地住在那裡。

他們一直都在，一直都會在，一輩子都在。

那時候我才突然懂得一輩子的意思，那就是不論此生多長、多短，我們擁有的就是完整的一生，我們擁有一輩子。

生命彎彎繞繞地展開了路，我們便踏上旅途，一路上的腳步，有時不安有時平穩，可是我們都繼續走下去，走完這輩子。

那麼，會有的吧？一輩子都會愛的事情。

我們會在路上尋找一朵清澈的雲和溫柔的玫瑰，遇見嚮往成為天空的海岸，然後停在一座山的深處，發現自己想念某個城市的一條小巷，便明白了愛一輩子的事情是什麼。

沒有人曉得永遠有多長，但是既然我們擁有一輩子，那就這樣吧，我用一輩子記得你，用一輩子去愛，用一輩子的時間，去說一句一樣的話——我是愛瑪，愛是愛人的愛。

然後我們都要明白，愛，是一輩子的事情。

七次遠行

大學四年裡，我搬了七次住處，每一次，都像一場遠行，都想過是最後一次。

一開始對打包行李很不上手，那個時候還不擅長太快的遠行，也很少自己抓了背包就走去哪裡，對於搬家旅行或收行李，都不熟悉。

第一次搬家，是離家前往南方城市的校園，為了方便提拿，把物品裝進一個個紙袋或環保袋裡，回神才發現，地上已經擺滿幾十個大大小小的袋子，說是搬家，更像是趁著週年慶看到什麼都買的女子，回家之後癱坐在地上，一臉無奈。

那次的結果是，拎出家裡的二十八吋大行李箱和登機箱，把最急需的生活用品帶著，剩下的裝箱郵寄到學校宿舍，搬回房間慢慢拆。

第三次搬家，花了整天的時間，分門別類細細標籤了所有尺寸包裝的內容物，總算把該收的都收齊了，林林總總十多個大小紙箱，捨不得丟的許多樣。

深夜睡前下了床，呆坐在房間中央地板，白色磁磚襯著夏日白天的暑氣，入夜了還未散去地暖著房間。

幾個月前租下那間房間後，才發現是加蓋的，明明只在二樓，不是傳統的頂樓違建，和其他房間相隔正常的牆壁，卻是格格不入的。

我在看房子的時候，沒有懷疑過牆壁會是空心的。搬了進去，才發現漆得過白的牆面，就真的只是牆面而已，用手指敲下去，空空地聽見兩聲叩叩，彷彿可以聽見裡頭有另一個人揚聲回應：「誰啊？」

無奈已經簽了約，也沒有空房可以換，就讓自己習慣了。

習慣夏夜暴雨，都像要穿透鐵皮和薄薄的牆面，撞進床頭的夢。

習慣秋晚窗面，都有幾隻黃膚色的壁虎貼著爬，直到天光大亮。

像一面愛一個人，一面解讀每個動作和眼神，把對方愛過一遍之後，最後看懂那是一個什麼樣的人。

不管如何，如今都要離開了。

後來，有那麼一次，我忘記自己已經搬了家。

某天下了課，一邊想著晚餐要吃什麼一邊騎車上路，停車的時候才發現自己回到好久以前的住所，加蓋的二樓租處。

路旁有棵大樹，低低地壓著繁重的枝枒，撐著暗綠色的樹葉，樓下養著一隻見了陌生人便會吠的狗，牠親暱地鑽上機車腳踏墊，一副要我載牠去兜風的表情，和以前一樣。

也許是某場暴雨裡的自己，忘了收進紙箱裡，於是最後沒有帶走，被留在這裡太久。我那時想，好吧，載狗狗兜風，晃一圈回來之後，我就再載一趟，這一次，要帶走那個自己。

轉動機車油門出發，狗狗晃動的尾巴掃過我的小腿肚，癢癢的，像打開滿是灰塵的盒子時，碰到過去的記憶，就輕癢地打了個噴嚏。

有些離開，我們還來不及懂得，真正帶走後還會保留的不多，於是裝箱了所有，直到再度拆封時，發現舊地方的一條手帕，擦不乾新的淚，只好丟了，最後還是丟了。

到了後來，便不再為了猶豫要丟棄或是保留而蹉跎時光，不再因為翻出一張舊明信片就跌進過去的窟窿裡起不了身，打包和封箱，到那時才變得比較容易。

後來，我們都有一個後來，能輕易說出來。

第四、五次之後的流程，就上手得多。

在搬家前兩、三個月，就會開始盤算零食和生活用品的存量，不再增加自己打包的麻煩，並且先到超商或賣場搜集紙箱，為了讓大小盡可能一致，幾乎一次只會找到一個。

接著慢慢收拾櫃子裡、角落邊的東西，通常是書和筆記本兩箱、衣鞋和雜物加起來三箱，總共五大箱。

封箱會在搬家前一個傍晚完成，然後接下來的十幾個小時裡，就像一個來到這裡旅行的背包客，手機插在床頭插座充飽電，手邊一本書打發晚上的時光，最簡單的一條毯子、一個保溫杯，和裝著換洗衣物及旅行組盥洗用品的大後背包。

擦拭過的櫃子和桌面空了出來，地上堆著沉重的紙箱，整個房間變得安靜而空曠，連呼吸都聽得很清楚。

一步一腳印，都是日子的回音。

而後多是昏睡過去，至於晚安，是來不及說的，因為不能太明白地睡著，太明白地做夢，太明白這晚已經是最後。

最後一次睡在這張單人床上，隔天醒來，一切都要帶走。

第七次搬家時，在住所拆完最後一紙箱，是滿滿的筆記本和書，一地的衣鞋、書本和雜物，都被拆開後散在四處。

我喜歡讓它們包圍著自己，在小小的空間，悄聲說：「今天開始，我們要在這裡生活了哦。」

開始過日子，開始早起為自己準備早餐，開始睡前擁抱自己，每一次，都以為會長住下來的那種開始。

以前每一次，都想過是最後一次，後來每一個家，都覺得是最好的家。

前世的眼神交錯，今生的擦身而過。

在這一生中，我們不斷和別人擦身而過，有自己的方向和抵達，並且或快或慢地前進著。

一次抬眼，或者回眸，便偶然遇見一個人，那個也許前世曾經隔著人群，遙遙對望過的人。

而我們今生依舊擦肩錯過，不會為了彼此停下腳步。

一年冬天到了上海旅行，旅程中有兩天安排去杭州，一大早從上海虹橋車站出發，我在人群中排隊等待這班往杭州的車檢票，偶爾發起呆來。

因為乘車人數多，所以直到表定發車時刻的前十五分鐘，該班列車的檢票才會開始，而長長的隊伍要在十幾分鐘後才會開始移動。

前方站著一對情侶，男孩有著微長的黑色捲髮，身高很高，可能有一百九十公分，女孩則是黑色中長髮，比我高一些，被男孩護在懷裡，不會被人群碰撞。

離他們一點距離站好後，肩膀上的背帶有些滑落，我往上提了提相機包，一邊調整的同時，身旁來了一個陌生男子進入隔壁的隊伍，他低頭看著手機，不時低聲咳嗽。

接著有一小陣子，突然有很多人在一旁要從中橫越我們這一大群排隊隊伍的人潮，他們說著：「讓一下啊、讓讓」等等的話，一邊拖著大行李急忙走過。

為了避免被行李箱輾過腳，我和身旁的陌生男子一開始就都先退了一步，讓他們能夠通過。

就是這點空間，讓急著穿越人潮的人們找到了路，接著，彷彿有個螢光霓虹燈指標掛在我們頭上，所有人都從我們面前「讓一讓，讓一下啊」地留下一句後，趕著腳步走過這個「通道」。

左右兩邊的來人不絕，有一度我和陌生男子都想往前移動，卻被人潮打斷腳步，我提了提再度滑落的包包背帶，男子已經收起了手機，繼續低聲咳嗽著。

我隔著橫跨隊伍的人潮，只看得見前方情侶的男孩，高高的個子，和剛才一樣向右低著頭和女孩說話，依舊一手摟著她的肩膀，他們身後洶湧的人潮，彷彿與他們無關。

好不容易經過一個段落，橫越的人少了許多，我和陌生男子一人一步，同時抬起右腳跨步向前，讓「通道」合了起來，我們則安靜地繼續排隊。

我低下頭，認真地抿起嘴角偷笑，和一個陌生人有一種默契，只要一次就夠，就是趟有趣的回憶。

不知道之於對方來說是些微的煩躁或是有趣，在停滯的嘈雜排隊人潮裡，對於突如其來的一點小樂趣，我是挺開心的。

是我們各自這樣退了一步，於是讓那些人與我們擦身而過，是我們決定，讓他們錯過自己。

也許上輩子，我們在人群裡，也一起等待著什麼，一起後退了一步，讓更多人從我們面前走過，然後又一起往前，並且低頭偷笑著：啊，身旁這個陌生人和自己有一樣的想法呢。

後來開始檢票，隊伍往前移動，陌生男子往右走了幾步，往別的剪票口，一邊咳嗽著向前走去。

也許上輩子的後來，是我先走，而這一世，輪到我看著他的背影了。

但是也有可能，在我不曉得的地方，這一輩子，是他在人群中回望，尋一個陌生的女子。

在杭州，有新站的杭州東站和舊站的杭州站。

到了杭州東站之後，雖沒有預計中的下雪，仍感覺比上海冷了些，我拉起外套帽子，包包背帶滑落，便往上提了點。

身旁不斷走過要出站的人，有許多趁連假出遊的情侶，因為冷空氣而低聲咳嗽的人也不少，我不曉得那對情侶現在是不是也在人群中，而陌生男子又是否下了車，是否也正咳嗽。

我後知後覺地想到，陌生男子並沒有戴口罩。幸好我有。

抵達後，趁著早晨人還不多，把西湖走過半圈，到了中午飽餐一頓後，離開餐廳的那一刻，正好下起了雪，我加入街上往西湖移動的人群，漫步繞著西湖的另一半邊。

除了古時流傳著一句話「晴湖不如雨湖，雨湖不如夜湖，夜湖不如雪湖」，也聽說過西湖景致裡的「斷橋殘雪」是極為有名的風景。

而如今飄下的細雪，到了地面不久便化開來，石磚逐漸變得溼滑，也還未見樹葉開始積雪。

比起盛大的美景，我更喜歡的是一點一滴成為美麗的樣貌。因為我們在無意之時，認識一場風景蛻變的樣子，像愛上一個人，從他最原本的樣子開始愛，愛到最後，他在我們這裡，就仍是原本的樣子，那麼簡單、那麼盎然，卻那麼值得一看。

一場細雪，逐漸化為小雪，持續地落，那是我第一次聽見，雪落的聲音。

而雪下了整夜，深夜看向窗戶，屋外的窗沿已經積起了些許的雪。

隔天早晨，決定再度拜訪西湖，這次，真的是雪湖了。

清晨才剛剛跌落在葉片上的雪花，輕輕地躺著，偶爾一陣風吹過樹梢、枝枒和葉片間，就是一片吹雪景色，當然，更多的是人，漫山漫海的人。

直到中午才從西湖離開，走進地鐵站搭了往下的手扶梯，我擠在滿滿的人潮裡，動彈不得。

轉頭瞥見對面上行的手扶梯上的人群裡，有一對情侶，男孩很高，可能有一百九十公分，女孩比我高一點點。

隔著一點距離，我和他們相錯而過，繼續往下，他們往上，而我回過頭，看著他們的背影，男孩低頭、女孩抬頭，兩人正在說話，男孩右手把她摟在懷裡，不讓前後的人碰撞到她。

他們身邊擁擠的人潮，彷彿與他們無關。

偶爾抬眼，便遇見一個人，也許前世曾經隔著人群，遙遙對望過的那人。偶爾回眸，便遇見一雙人，也許來生也會隔著人群，遠遠注視著那兩人。

在這一生中，我們不斷和別人擦身而過，有自己的方向和抵達，並且或快或慢地前進著。

生活的顏色

黑色的烏鴉，白色的鷺。
黑色的森林，白色的鹿。
黑色的屋簷，白色的路。

會不會有一場醒來之前就遺忘的夢，是黑白的、是沒有真正結局的、是在夢以外的地方只剩自己一個人的？

在新的生活開始之前，有許多的期待和夢想，可是偶爾會感到不安，於是在抓住夢想的邊緣之前，先做過一百個鬆開手掉進深淵的夢。

一開始，會害怕一切會變得不一樣，自己會成為截然不同的人，怕再見的時候他們說妳要好好的，再見的時候，他們說妳變了好多。

可是後來才逐漸明白，那就是生活，這就是日子，我們沒有輕鬆顛覆，也不會輕易駐足。

柴米油鹽醬醋茶，幸福是平凡卻從來不簡單的模樣。

開始記得超市特價時間和菜價時，就變得有點像是這座城市裡的人了，如果有天不小心超過了繳水費的期限，也能一臉鎮定地去超商補繳，那就真的像是城市的老朋友了，我這樣相信著。

儘管比別人都遲了些，在陌生的城市裡，總算學著養大自己。

初來乍到，搬著八公斤的床組，從家飾店走了將近一小時才到家，那張床接住清晨的夢。每天為了節省開銷，自己準備三餐的日子有點新鮮有點辛苦，在一週幾次的超市時光裡搶到特價，也是值得開心整晚的。而走在街上擦身而過的人都說著別的語言，有些能懂有些聽不清楚，可是隔天多聽懂一些，就也很好了。

一聲雷鳴一場雨，幸福是被世界遺棄了還擁抱自己。

不論是那段日子或更久以前，受傷的時候我沒有問過「為什麼是我？」也沒有覺得不應該是我。

那樣算逆來順受或者相對樂觀嗎？我不曉得，就只是覺得，路攤在我面前了就走，哪天路坍了，就回頭找別的路走。

受傷後有了治療機會，所以受傷很好，痊癒也很好；被留下後有前進的目標，所以遺留很好，往前也很好。

像系統被更新一樣，日子會變得更新也更加陌生，有時候我們要重新適應，有時候，我們一下子就變得更容易，容易笑起來。

天上星星亮晶晶，幸福是失去許願機會卻繼續相信。

後來我學會，如果一場美夢被打碎，便替自己買一款觀望許久的咖啡杯，讓每個早晨的時光，都能彌補一點。

遠方的遠方有不熟悉的天空，那裡的顏色等著我們一步一步靠近，一點一點認識，所以我們決定離開原本的地方，留下所有的傷，也留著所有的疤。

然後學會留下生活的痕跡，便不怕有人來尋，會找不到我們的氣息和腳印。

藍色的雨，透明的雨痕痕。

藍色的海，透明的海聲聲。

藍色的淚，透明的淚涔涔。

突然有一天，我們就這樣離開了誰的生命，再也沒有更靠近，那是最後最近的一次距離，所以那聲再見特別值得珍惜。

最後的夕陽，是很美的火橘紅色，最後的海，第一次也最後一次一個人去了，在心裡對自己說，這裡也沒有以後了，再也不會一個人來，再也不會來了。

時光匆匆，我們都曾經在步伐裡留住對方的夢，最後卻成了彼此的痛，無論明天來臨的時候，我們已經在誰的心頭，過往的唯一都成為遺憾、成為親吻不了的皇冠，於是閉上眼睛決定不再呼喚。

從此，有一款名字失去意義，有一道聲音失去顏色，有一個人的身影，我們再也看不見了。

可是，這些都是生活的痕跡。

像是剛洗乾淨的桌布沾到咖啡或咖哩醬汁，公園裡第一棵在春天開花的樹，或是很久沒穿的襯衫有上一款洗衣精的味道，我們終究要自己生活過，自己走過，才會知道路上哪裡有坑洞，日子何時有彩虹。

才會知道，那些帶著傷痕的鞋印，是我們喜歡過的痕跡，在路上跑著過去，還是留不住那個背影。

這些都已經畫進我們的生命裡，關於兩個人用一雙翅膀飛翔的夢境，關於只有唯一方向和目標的小徑，也關於後來被撕成一地碎片的舊地圖，和剩下一隻影子的旅途。

直到下一次，下一次兩個人的日子變成彩虹之前，我們要把一個人的生活填進許多顏色，喜歡的、討厭的、熟悉的和第一次的，同時，留一點空白給呼吸、給生命、也給自己。

還想在你的未來聽到我

遠遠的記憶裡，午後有涼風和暖陽，伸手就穩穩接住一句對方的話：「我們往後一起往前。」

彷彿童話都會有的結局，我們和他們，聽起來從此就是幸福快樂的日子了。許多後來很喜歡的風景，都來自日常裡的不經意，咖啡廳裡靠窗雙人座位看出去的街景、海浪淺淺親吻消波塊的聲音，和午後枕邊讓太陽曬出的一對人影。

我們知道，有些未來，不必說出來，就已經讓人充滿期待。

我們要在未來裡記得對方也記得自己，當星星變成沙塵，仙人掌開始唱歌，聽懂聲音的金魚對流星許諾來生。

有時候，有時候，願意為了彼此慢下腳步，不怕踏上陌生的路途。前頭有光，我們有時間，於是沿途經過的都是美好的時光，在彼此心裡，對方都是最高級，沒有其他人能夠比擬。

故事寫得越來越多，路走得越來越久，我們也只不過想和對方說，還想在你的未來聽到我。

但，那都是什麼季節的事情了呢？有一天當我們想要細細回想，竟覺得過往已是一張有點熟悉的舊面孔，記不清楚名字的那種。

是了，應該是高中最後一個夏天，在許久以前。

大家都說，十七八歲最後的炙熱夏天，一定要牽過一個人的手，直到兩人手心都出了汗；一定要選好一起去的海，然後兩人身上都曬一點傷；一定一定，要認認

真真愛一個人，直到不愛了為止。

夏日夜晚裡，兩個人吃著一碗冰，切好的芒果佈滿細密柔軟的雪花冰山，過了幾分鐘，山頂的芒果悄悄下滑了一些，被我們接住，送進嘴裡，冰涼冰涼，帶著酸的甘甜。還有那串鳥梨糖葫蘆，和帶著甜的芒果大大不同，酸得不得了，吵著要吃的人咬了一口便心滿意足了，嘻笑著把剩下的整串留著，對方苦笑接過去，表情複雜地吃得乾乾淨淨。

我們長大之後，才露出一個遲到太多年的笑，沒有戳穿以前的自己，當時不小心就把愛想得太過簡單，真的覺得愛可以是堆疊了很多層的喜歡，覺得愛不用把自己對折轉彎，覺得愛一個人，沒有那麼長途漫漫。

有時候，有時候，我們願意為了對方慢下腳步，最後卻成了彼此的耽誤。

長大之後，我們自己去逛街看電影、自己打掃煮飯生活，也自己剪了頭髮並且穿上以前陌生的黑色衣服，最後輕輕說，對不起，先擅自變成另一個人了。

但我們知道，真正道歉的原因是，他們已經成為別人的了，還是偷偷地把影子剪了一段留在手心，並且，在我們這裡，他們仍是最高級。

那天之後，開始向每顆星星許願，儘管不曉得它們會不會變成流星、會不會真的有力量實現願望，但堅持向它們許願，願自己的名字仍能出現在你的日子裡，輕輕地、平靜安穩地、不帶太多意思地。

因為要靠近城堡必須砍斷荊棘，因為不翻過一頁故事就無法進行，而我並不想一個駐足，就讓過去的光陰擋住了你。

你的身上有光，我便願意把時間給出去，讓時光在未來的日子裡為你張揚。真的，還想在你的未來聽到我，可是不必以過往的姿勢，不用太堅持懷舊的樣子，不需要把一切包裝成以前的影子。

有時只要我們願意，未來就在那裡；有時只有我們願意，未來仍在那裡。

若要談論夢想和目標，免不了一串偶爾激昂偶爾羞澀的言論，可若只是說說明天的我們，會是什麼模樣，那回答就安靜下來了，淡淡地、簡簡單單地一兩句就能把全部說完。

承諾後來，比我們想像的都難，不像抬頭對星空許願簡單，因為那從來就不需要答案，而究竟再遙遠一點的那個未來，我們會是什麼樣子呢？

淺淺搖頭，誰都不能確定。

但是，我們知道，以後在一個街角，看見有人一身輕裝，曲起腿靠在牆上，一副等待的姿勢，就會再次相信，那個人至今仍有懷念的痕跡。

我們知道，下次再輪轉過季節，無論是雨是晴，早已不新奇，也早就寫入記憶，知道深秋時分有一道流星，聞起來有初夏的氣息。

我們知道，從此有許多熟悉的風景，都會變成不經意，或是一句不小心。

後來我們也決定走了，彎腰套上一雙老舊的帆布鞋，上面有著油漆和顏料的痕跡，側邊微微磨破了皮，可是習慣踩著它走長長的距離，於是東西和人都舊了，還是繼續珍惜。

下定決心把自己逼著往前走的那天，我們突然懂了，想在他們的未來裡頭聽見自己，是一道淺而細長的軌跡，而不是幾句可惜，幾句嘆息。

儘管眼前的路模糊不清，還是告訴自己沒關係，踩下一步就有一個腳印，還有下一步，足矣。

很久以後，午後有涼風和暖陽，伸手就穩穩接住一句對方的話：「都過去了。」

我們會輕輕地說，終於過去了。

輯二

戀人

我的日子一面是生活，一面是你

學會愛人

我們一起走過全部的季節。

模糊的、激烈的、安靜的和吵鬧的，四季分明和比較不清楚的年份都有，在那些季節裡，我慢慢愛你。

慢慢來的原因是，把腳步踩穩了之後再往前走，就不怕跌倒時讓兩人都受傷，也不會因此留下傷口了。

於是，每個有你的季節，展開來攤成一道彩虹，才發現，像是春天並沒有那麼粉紅，沒有很多嫩粉色的花芯與少女心，沒有被風吹落的花瓣在我們的世界裡面飄散開來，春天只是剛好，是我們初相識的時節。

儘管沒有記起太多花語，那些情話也是偶爾小聲附在耳旁的幾句，可是在春末的雨季，我只有傘和你。

夏冬在那個城市是濕熱及濕涼的，替我們把一切的眼淚都先取走，難過的時候，我們都待在彼此左右。

而秋天，秋天是最像你的。因為你的目光柔軟，因為你的擁抱溫暖，因為你是那樣輕易地讓生命轉了個彎，如此和煦卻不長的時光，更該被好好珍惜。

在那個初秋，我總算學會了笑，你笑起來的時候，我也跟著笑了。

但是，愛也是會讓我們想哭的，有時候我們說起從前，彷彿說著笑話，有時候，我們只是笑著說話。

我們知道，不是所有傷口都會讓時間療癒，想念也不會因此離去，也並不是避開和以往相關的一切，那段過往就會真的從自己這裡消失不見。

是的，即使把寫壞的一頁日記撕去，底下仍然留得住太用力的筆跡，發生過的事情，成就了現在的自己。

所以學會擁抱過去，是我在你身上獲得的另一件事。

擁抱自己的過去，像你的懷抱擁有止淚功能那樣，溫暖而輕柔地抱抱以前，我們不用裝作什麼都沒發生過，不用假裝已經都好了。

儘管有些事情，只要輕輕一瞥，就足以讓我們痛苦不堪，而難受的時候，就向一朵積滿了水氣的烏雲借些眼淚，但我們會替彼此眼角的淚滴負責，以指腹揩去淚水，讓它們與悲傷一起蒸發，還給天空。

「不要哭了。」你說。

不論我是打算下了階梯不再出演大哭戲碼，或是正在醞釀爆哭的氛圍，我都會說：「好。」

而下一場雨落下時，我們還是會一起撐傘。

在一起的每個季節，都是值得期待的時候，日子過得像是買好票的一輪電影，別人覺得平凡無奇不特別，我們只管用力期待、用力喜歡。

站在你的右手邊時，我常常踮起腳尖，想和你用一樣的視野，去看這個世界。

在長如人生的旅途裡，我們擁有了小小的出走機會，去一些你喜歡或我中意的地方，更多的是我們都想再走一百趟的路。

路是不會有盡頭的，我們相信，如果真的走到懸崖邊，也能拉著彼此兜兜轉轉，用盡方法找出一條路，你牽著我，我附著你那樣地走下去。

世界還有太多我們都不明白的地方，可是一起用自己的雙眼確認風景的模樣，是我們的夢想，也因為你在這裡，所以我學著去愛世界。

你說，不要在路上迷失自己，那些該堅持的原則別被任何人影響，可是在面對任何事情，還是要保持內心的柔軟。

我問：「像睡午覺的時候，賴在被窩裡不想起來的那種軟嗎？」

「呆，」你捏了我的臉頰，說：「不過，對，就像那樣。」

就像那樣。

簡簡單單地，你便承認了一切，即使有些話毫無重點，你也從不把他們看輕。

因為愛你，所以我眷戀每年的雨季、流星雨和夏日海景，眷戀每一個季節。

因為愛你，所以我擁抱發生的過去、回憶以及苦澀笑意，擁抱每一個自己。

因為愛你，我開始愛上這個世界。

所以我愛那些大山大水，我愛那些風花雪月，我愛那些永恆諾言，我愛你。

不哭、不哭，眼淚是珍珠。

那天我做了一個夢。

涼涼的微風吹過蔓延的草皮、橫淌的河水和沙沙作響的樹葉，在午後無人的河濱公園，我枕著你的大腿，你坐在木頭椅子上，我們笑著說話。

一場夢，把過去的模樣拿來重新編織，我知道，還是沉了進去。

「下輩子好了，下輩子，」躺得舒服地仰頭看你，我說：「我會引用一句最輕的情話，來告訴你我還是喜歡你。」

不說如何去愛，不說如何去對抗整個世界，不說，如何多跨出一小步就讓故事完美結局。

太重的話我不說，你覺得太重的話，我就不說了。

「不要太難，我怕我聽不懂。」你皺起眉頭，假裝苦惱地回應。

「好呀。」笑起來，我伸手撥弄你的瀏海。

「但是，你相信下輩子嗎？」我想起你的信仰，來世便是永生，那麼，你是無法和我一起下輩子的，對嗎？

那些說好的下輩子和來生，要把手牽得更牢、愛得更好，都是更虛無飄渺的存在了嗎？

你沒說話，我又開口：「永生是永遠生存的意思，對不對？」

「那，」你苦惱了幾秒鐘，語氣輕鬆地像是討論晚餐從吃麵改成吃飯般問我：

「那不然，我們把下輩子改成永遠好了？」

要不是這是夢裡，搥打你也不痛不癢，我想好好地給你一拳。

怎麼一件沉重的事，又被你說得簡單輕鬆了呢。

「改成永遠的話，就是很久很久很久很久啦，」你露出認真的表情，低頭對我解釋：「永遠那麼遠，我們可以走很久。」

「永遠不會抵達嗎？」

「永遠會抵達的，」你說：「我們一起走的話，就會抵達的。」

「那抵達之後，還有明天嗎？」像一個固執的孩子，把每個問題都撕成更多片，不斷問下去。你愣了一下，沒有回答。

我趁機開口：「可是如果永遠之後，就沒有明天了，那我們不要永遠，只要明天，好不好？」

你以為我在玩笑，假裝生氣地說：「我不會拿永恆開玩笑。」

「我沒有呀，」我露出更加認真的表情說：「我只是想要和你還有明天。」一直和你一起擁有明天，就已經足夠永遠。

關於藏在那些句點後面沒說完的話，你是懂的，於是你笑著揉了揉我的頭。

「真是的，怎麼聽起來有點像歪理？我好像被妳唬弄了。」

「歪理有時候是不被承認的真理——你說過的，我實踐得不錯吧？」我笑著說，彷彿完成了一件最喜歡的作品。

你挑眉，用力撥亂我的瀏海。

微風拂過我們，你讓我坐起身，擠在一件大外套底下，我縮在你的懷抱中。

原來在夢裡，你還是有溫度的。

然後你手裡冒出一本我們最近都讀過的小說，問我感想如何。

男女主角的感情橫跨二十年，裡頭沒有真正的背叛，只是總對不上時段，所以有人遲到，有人早到，在課堂之間的小小時光，補不齊時間長河裡的缺憾。

也許因為這樣，他們各自上了岸，不回頭不再弄濕自己地上了岸。苦海無涯，回頭是岸，回頭就能夠上岸，上岸了，就別再回頭。

溺水的人不帶浮木回家，溺水的人，打算用生命記住浮木。

酒窩從來都不是酒的窩，可是酒窩裡頭藏著最好看的笑容。

永遠學不會的數學題目，被別人解開了，心裡還是空空的。

而一開始就許下的願望，二十年來未曾改變，他們肩並著肩，尚未執起手，卻想著偕老。

——以上的咬文嚼字，我一個字都沒有說出口，如果用說的可能會引起尷尬的氛圍，或是我率先激起雞皮疙瘩。

「嗯，我哭得很慘呢。」我說，想起書中內容，眼眶又迅速浮了一層霧氣。

「不哭不哭，眼淚是珍珠。」

聽見你老套的安慰，我笑了，你總是在淚珠啪嗒落地的時候，讓我扯開嘴角笑起來。

「不過，人是會變的啊，」你看著我，說：「就像妳說過的。」

我看向你，沒有說話。

若我們都變得不一樣了，還會相愛嗎？如果我還愛，你還愛，我們就還是我們嗎？故事究竟要寫得多長，才能到可以完結的地方？你不曉得，我不知道，我們就這樣，走一步算一步，可是走一步，算一步，那我們要數遍多少回，才能同時走到想去的地方——

「人是會變的，不過故事的結局是好的，這樣真好。」你輕輕笑起來，蹭了蹭我的後頸，環抱我的雙手又摟緊了些，手中的書不知何時已經消失。

我沒有忘記，因為在夢裡，我還值得你溫柔，我才值得你溫柔。

而那些溫柔，我都記得。

記得其實就是一種喜歡。

我記得你，用我的名字記住你，不曉得留不留得住，但仍記得很牢，別人說起我，說的都會是你。

所以喜歡是一種記得，像書上說的那樣。
我記得你，我忘不掉你，我喜歡你。

那天夢醒在清晨時分，街燈尚亮，天光仍暗。
指腹抹過眼角，濕了指尖。

不哭、不哭，眼淚是珍珠。

喜歡

給愛人：

你也會懷念嗎？那些日子。

早晨從我們都喜歡的黑咖啡開始，對著鏡子微笑，順便檢查牙齒有沒有刷乾淨，就算壓著底線出門，也不要表現得慌張，要在大街上比其他人更帶著陽光，帶著今天也會很好的小小願望往前走。

在白天裡踩遍行程表裡的每個計畫，直到傍晚，卸下忙碌的表情，在城市裡找一處角落，架起小小的世界，那裡有不會被挑食的料理、有溫暖手心的茶湯，還有你和我。

舉杯致意的時候，我們會在對方的眼睛裡，看盡小小世界裡夜晚的星光，然後，只需要眼底一點點的笑意，就可以融化彼此的嘴角。

你會記得，我也不會忘記，有些事情，不會輕易消失在時間裡，那些走過的足跡，都有兩人份的回憶。

譬如起司炸豬排蓋飯、兩份潛艇堡一個不要加洋蔥一個不要加辣椒、滿滿蔬菜和肉的滷味、大杯熱美式咖啡、焦糖烤布蕾、提拉米蘇、白色短袖上衣、白色長袖帽T、藍色天空、下過雨的街道、被風颳壞的第三把傘、做工不甚細緻的圍巾，還有擠滿巧克力裝飾的牛奶餅乾，裝在普通的塑膠盒子裡。

譬如若一起盪著鞦韆，就會覺得日子飛了起來，走在雨天的水坑上，想像自己是從水裡誕生的精靈，做了惡夢的顛倒亂語，只有你說得清楚我那場夢的模樣。

無論是一天或是一年不見，再見的時候給彼此一個擁抱，再見面的時候，給彼此一個擁抱。

親愛的愛人，我多麼慶幸，誰都不必替我們說明，經過這些日子的意義。真的，有一些默契，已經刻進了手掌心，我們道別的時候揮手得再用力，也不會輕易脫離生命。

我喜歡擁抱的溫度，喜歡陽光灑在身上的時候，喜歡山路被踩出淺淺腳印，喜歡海邊有兩個人的身影。

然後你也喜歡。

他們說，這些命中注定，不過是剛好而已。

但是啊但是，在世上要剛剛好，是多麼難以預料。

也許路上會有幾場風花雪月，也許路程都是無盡的流浪，也許，我們之間偶爾會陷入很長的沉默和不安，可是兩個人的故事，總會有起有伏，有吵鬧有暫停，還有把恐懼甩出去的勇氣。請給我一點時間，去證明一道你沒開口的問題，讓你明白我全然捨得，捨得把自己捧給你。

曾經有人問我，喜歡是什麼樣的感覺？

喜歡是馬克杯裡裝著漂浮奶油熱可可，杯旁有一根精緻的攪拌棒。

喜歡是某一場雨裡，有一把濕壞的傘仍然想替誰擋雨。

喜歡是全新的垃圾袋，一塵不染。

喜歡是沒有一個字，會有告別的意義。

我喜歡你的意義。

我喜歡你。

我知道，我們離得很遠，遠得足以讓距離抵銷太多，可是我想你在晴朗的冬日裡畫一張圖，我想你能忘記難過的事，我想你能認識一句新的花語，我想你在倒影裡找到自己，我想你在消逝裡遇見記憶，我想你。

我們還沒去一場你說的那種舞會，十指交扣，你摟著我的腰，我躺在你懷裡，心臟靠著心臟，用耳朵輕輕唱歌，然後慢慢跳舞的那種舞會。

我們還要再為了看一次場流星雨，驅車上山到沒有光害的地方，那是你自己的星座，但我比你喜歡得更多。

我們可能悲傷，可能快樂，「我們」裡面有你，也有我。

所以我不願讓你獨自難受，如你不願我在受傷時無人守候，我們不喜歡對方只有一隻影子。

請記得，天冷了要添衣物，我的衣櫃裡還有你的冬衣，收得很好，下次見面時還給你。

請記得，三餐要正常吃，那句努力加餐飯，包含太多別人不懂的意義。

請記得，受傷了要治療，有些傷口不會疼痛，不代表它們已經永遠止血。

請記得，夢境是唯一的王國，在那裡，不論你是否稱王，我都替你張揚，所以夜晚時分，就儘早睡覺。

儘管你不是王子，我不是公主，命運從來不是童話，但是我們要過著彼此喜歡的生活，也過著喜歡彼此的生活。

那是我們希望的日子。

愛你的人

相距

我知道，那不是夢，那只是一個從來沒有提起過、一個有點遠的故事，裡面有我，還有你。

雖然時間要倒轉回去不少，但記憶並不是老舊相片的昏黃顏色，而是淺淺的陽光，點亮早晨的暖黃色，夾著一點初秋的草綠，還有淺藍色透著雲的天空。

那個夏天，我們小別，然後在秋天重逢。

送你離開的那天，天空是什麼顏色，老實說我不記得了，只知道像漫畫人物心情不好時那樣，頭頂彷彿有朵烏雲飄著。

在機場，誰也不用多說話，空氣就染著各式各樣的情緒，有人要走，有人回來，我們總算明白離別在即，還能記得要好好說一句再見。

「我很快就回來了。」你又像一切無事那樣地笑著說。

明明就還有好久。我小聲嘀咕。

你像是沒聽見般，揉了揉我的頭頂，輕輕擁抱的時候，也一如往常地把下巴靠在我的頭頂。

你的聲音低低地從上方傳來：「我真的要走了。」

「嗯，」我說：「Take care.」

最後的那句話，是我們的再見裡，延續下去的秘密。

對著要遠行的一方，說一句「Take care」之後，安靜地等，等對方平安歸來。

30
スクール
ゾーン

不論相距多遠，離相聚日子多遠，都不要緊，會再見面的，會的。

相距甚遠，但是慢慢等待，那麼相聚就不算遠。

於是初秋某天，在幾百公里外，另一座城市的某個校園裡，我等到你。

從宿舍抓著手機跑著出來時，天帶著雲，空氣帶霧，日光朦朧地亮，後來才變成新宿舍的那片草地，正濕濕地垂著露珠。我往反方向跑去，沿著大路到底，順著左轉一段路，過了通往側門的那條岔路後，就會看到一座籃球場，球場旁邊便是你的宿舍。

淺淺的陽光，藍色天空，綠草地，和你。

你從球場那端走來，我往球場那端走去。

彷彿電影定格般，看到彼此時，我們都不由得定了腳步，遠遠地隔了大半個球場看著對方，然後你一步、我一步，把腳步踩得很穩了，才抬起下一隻腳，往對方走去。

我有穿著你會喜歡的衣服嗎？熬了一整夜的臉色是不是很糟糕？那時的我什麼都沒想過。

可是心臟暖暖地跳動，像一件濕透的衣服被陽光烘暖，輕飄飄地掛在衣架上，就找到了家。

「我回來了。」

「歡迎回來。」

在擁抱的空隙裡面，我們用最簡單的話，把日子的缺角也填滿了。

總是會遇見離別的，我們明白，所以就在花朵凋零前，約好來日再見，在風雨前夜，叮嚀對方出門小心，然後在每一句道別裡，都放好祝福。

現在的你好嗎？

在遙遠而熟悉的城市裡，在有著時差的日子裡，在你那裡，過得好嗎？

這一次的道別，換成你看著我走了。

你出了車廂站在月台，我在車廂門邊斜斜地站著，那一輪的車門開得特別久，你的視線掃過車廂門、地板和扶手，然後總算回到我這裡，我對你輕輕揮手，笑得很用力。

車門關了之後，我終於、真的、總算要走了，車廂慢慢滑行，你在我的視線裡越來越小，最後，身影被車門抹斷時，我才低下頭哭了。

距離被拉開了，這一次相距多遠，相聚又多遠呢？

我們總是會遇見離別的，並且說了再見之後，還會發生太多故事。

那不是一場夢，是一個故事，我從來沒有提起或者放下過。

故事已經有點遠了，那裡有我，那時候，還有你。

2、

你願意和我一起走過生命的安排嗎？

先確定自己相信每個發生都是最好的發生，並且生命自有安排，然後我們才能一起面對那麼多困難，困難有大有小，有前有後，有你有我。

解決方法也可大可小，可前可後，可是不能沒有你我。

有些安排，足夠我們放著不動只看看，有些安排，來不及等到我們明天把眼睛睜開。

我會相信流星，相信世上沒有其他秘密，然後臣服生命，但是讓你安排。

2018 / 11 / 20

1.

你願意和我一起相信流星嗎？

在很深的夜裡，還是要去最漆黑的山頂，只等一道星光的消逝，在它劃過我們的天空那一秒，一起抬頭，彷彿它要墜入我們的懷抱，而我們擁抱彼此。

我們不許願，怕過重的願望，讓流星偏了軌道，我們只擁抱對方，然後在彼此的耳朵裡放進願望，讓它們在那裡長大。

輯三

友人

我們都喜歡的默契與溫度

第一與唯一

我有一個朋友，認識將近四年的日子裡，包含第一次見面等於認識的那天，只見過兩次面，至今沒問過對方的生日或星座，不曉得對方的生活作息，聊天的次數大概用一隻手就可以數完。

可是我永遠記得和他認識的日子，是二〇一五年的一月一日。

他是 Jason。

過了好幾年的某個九月，我們見了第二次面。

那個濕涼的週六早晨，我晃著空空的肚子，撐起傘在風雨之中走到了相約的星巴克樓下，遠遠地，看見穿著白色上衣的 Jason，在騎樓下等著，便上前打了招呼。

「好久不見。」我說，撥開被狂風吹亂的頭髮。

「妳還認得我嗎？」

「當然呀，你呢？」

「……嗯，妳改戴眼鏡了？然後，是不是，黑了一點？」他緩緩地、小心翼翼地說著。

聽到這邊，我大笑起來，承認對呀我是黑了不少。

那天一起見面的，還有 Jason 的朋友，是一個可愛的短髮女孩。

早晨裡無人的星巴克，我們三個人站在櫃檯前慢悠悠地選起早餐，有一搭沒一搭地聊著，彷彿多年老友。

然而端著咖啡和麵包回到空曠座位區裡的小小桌面時，我瞬間又緊張起來了，對面坐著一個四年認識以來幾乎沒聊過天的朋友，和剛認識不到十分鐘的朋友。

「妳知道我和愛瑪是怎麼認識的嗎？」Jason 率先開口，問起女孩。

女孩說：「你之前好像說過，是在車上認識的？」

「正確來說，是高鐵上，」Jason 指著我面前冒著煙的馬克杯：「那天她也喝黑咖啡。」

二〇一五年一月一日，遇見 Jason 的那天，他說一早起來，宿舍裡的人都還在睡覺，他想去散心，就塞了一堆東西進後背包，搭上高鐵往台北了。

那天我剛和大學同學跨年完，要從南方城市北上，和 Jason 搭上同一班車。

他坐在我的隔壁，手裡拿著一台單眼，不時往車窗外拍攝，我則是捧著一杯黑咖啡，打算讓熬夜的身體接收一些咖啡因。

因為過於燙口，我便把裝著咖啡的紙杯杯蓋打開，想等溫度降低後再喝，餘光瞥見隔壁的男子把視線放了過來，忽然想起也有人是不愛聞到咖啡味的。

我馬上蓋回杯蓋，帶著歉意地回頭開口：「啊，不好意思，你是不是不喜歡咖啡的味道？」

男子露出疑惑的表情愣了一下，才說：「沒有，沒有，我喜歡哦。」

我笑了笑，又放心地把杯蓋打開放涼，等待的同時，又看見男子舉起相機對窗外拍著什麼，便好奇地搭了話。

「妳那個時候怎麼會找陌生人講話啊？」女孩在 Jason 身旁，好奇地問我。

店裡開始播起音樂，像慢慢喚醒早晨的一段低喃。

「我後來也想了很久，結果還真的不知道，可能覺得他是個好人吧！而且又拿著相機，我滿好奇的，想說問問看他在做什麼。」我說完後，自己笑了起來，女孩也笑了。

「那時候，她問我是不是很喜歡攝影，我說對，然後我就問她，是不是喜歡黑咖啡？」Jason 在一旁開口。

「我就說，嗯，我很喜歡。」我輕輕說著，像是回到那節安靜的車廂，兩個人小聲說話的時候。

「妳一個人要去哪裡？」

「回家，你呢？」

「我要去台北，」他說：「但我還沒決定要去哪裡。」

我被他的一句話勾起更多好奇，於是車廂裡，還不知道名字的男子放下相機，我放下咖啡，兩個人聊起天。

來台灣讀書的 Jason，唸的是電影，那時他正在準備畢業製作，和我聊了一些內容，因為當時不太理解，現在還記得的也不多，只記得那時他說話的表情，極為認真、專注，並且帶著笑容。

然後錯過景色，錯過適合的溫度，列車到了站，我們也就和初遇道別，儘管留了聯絡方式，卻沒有誰說「下次見」。

「那時候真的不知道還會再見面，」我喝了一口咖啡，對著女孩說：「而且還是四年後才再見。」

「妳現在還是喜歡黑咖啡嗎？」Jason 問。

我把馬克杯致敬般地向他舉了舉，說：「對，還是很喜歡。」

他問起我的後來，還有沒有像之前那樣，和高鐵上隔壁座位的人聊起來？

我說至今再也沒有。

儘管後來，在旅途上也會和陌生人聊天，然而聊完之後成為朋友、仍會見面的狀況，那是第一次，也是目前最後一次。

有時候我們要走遍長路，才知道當初的第一，便是唯一。

那天和 Jason 及女孩道別時，我笑著說：「下次見。」

他們也揮揮手，對我笑著說了一樣的話。

後來看見 Jason 在網路上顯示有了女友，是一個中長髮、眼神帶笑的女孩，我向他道喜，沒有多問他們的故事，只是偶爾會猜想，他們偏向浪漫還是現實？他們的故事，會不會是一部經典的老舊電影呢？

也許下次見面時，我會捧杯黑咖啡，帶著好奇的眼神，聽起他們的故事。

乾杯

我和蜜雪兒見面的那天，是一個涼爽又溫暖的夜晚，在那個南方充滿陽光的城市裡，有時候我們會忘記季節的模樣。

「晚點到，抱歉！」電話另一頭是蜜雪兒匆忙的回覆，似乎夾帶著車聲。因為私心喜歡這裡的氣氛，我約她在一間離我租處頗近的一間餐酒館，所以我早了一些時間抵達，把車在店門口停好後，跳上機車坐墊呆坐著。

「慢慢來，沒關係哦，」我看了緊閉的店門，說：「反正店還沒開。」

在幾次綠燈之後，蜜雪兒的機車停在我旁邊，她一邊解開安全帽，一邊說：「抱歉抱歉，等很久了嗎？」

「不會啦，真的。」我笑了笑。

「妳剪頭髮了。」我看著她摘掉安全帽，對著後照鏡整理短髮，緩緩開口。

「對呀，不過好難整理。」她回頭對我笑了一下。

「需要時間習慣的吧，變得不一樣之後。」我看著她熟練地抓鬆髮尾，把因為騎車吹亂的頭髮整理好之後，和她一起走進店裡。

蜜雪兒離開之後，這是我們第一次見面。

沒有去數算日子，只是知道有些時間就這麼過去了，不知曉彼此的生活、沒過問對方的好壞，時間就這樣流過我們身邊。

「我記得妳說妳滿喜歡這間店的，推薦我一些餐點吧。」蜜雪兒說，把菜單和酒單推到我面前。

「好。」

有些事情，是我們經過了時間、經過了改變，經過了一切之後，也不會遺忘的。

點完了餐，我們沉默一陣，抓了幾個話題聊，又安靜下來，蜜雪兒才緩緩地開口：「我現在就是，等，也不等。」

「以前我一直覺得，他離開了我的世界，那我就走進他的吧，一直想要衝進去他的生活裡面。」她輕輕靠在牆上，視線低垂了下來。

服務生送上我們的餐點，隨之而來的是兩杯在清澈玻璃高腳杯裡流動的液體，因為決定要走路回家，所以我選了一款藍色的調酒。

我說：「很拚命啊。」

「對啊，我就想說，反正我什麼都學不會，乾脆就學一點他喜歡的東西，」蜜雪兒扯了扯嘴角，說：「也許在這條路上，我們會再碰面。」

然而我們都知道，這樣的拚命從來都不會改變什麼，愛情裡面沒有時間的差別，我們努力前進了，他們的時間也同樣往前推了些，那些拉開的距離，像拉環被扯開的啤酒罐，已經不能假裝自己還會有另一次開罐時清脆的聲響。

至於那些在新走出來的一條大路上碰面，或是在熟悉巷口的重逢，都算是奢侈的願望了。

一邊吃著披薩和燉飯，蜜雪兒繼續說：「其實我也不知道，現在到底是想碰到他，或是不想。」

她離開之後，他仍在原來的生活圈裡過著自己的生活，兩個人幾乎失去交集。

「嗯，」我咀嚼著食物，低低地回答：「我懂。」

有時候，就是要到離開了，我們才會發現，原本以為重疊的兩個圓形，其實各有各的水平面，若是兩個人鬆了手，就是完全不同的世界，從早晨到黑夜，原來連遠遠地看上一眼，都是硬幣朝下的那面。

「可是至少，我滿慶幸我們分手的原因是世界上最簡單的那個：不愛了。」蜜雪兒吃完餐點，又輕輕靠在牆上，說。

我沒有回答，看著她習慣性地把視線放低，更低、再低下去，像手心裡緊握著一把極為美麗的光，然後她就要悄悄打開手心，準備給自己望最後一眼的時間，便轉手送給一個重要的人了。

她那樣低著視線，手心緩緩鬆開，那裡當然什麼都沒有。

「但是不愛了的意思，就是他不會再因為我努力了，對不對？」她抬起頭，看著我說：「因為愛一個人，會用盡力氣去克服一切吧。」

我還是沒有說話。

「妳會不會覺得我很蠢，很傻？」蜜雪兒看我把杯底喝空了，摩挲著杯緣的口紅印，開口問。

「很蠢，很傻，」我笑，端起空杯，隔著圓桌向她致意：「我也一樣。」

究竟要用多少時間放下，或是這輩子，我們真的有機會放下嗎？

這些問題都不在我們的考試用紙上，答案也不在別人手裡，突然有一天，我們就這樣談了一場戀愛，就這樣彷彿得到又失去全世界。

我們都知道，以後的自己回頭甚至不必細看，就足夠覺得當年的自己很蠢、很傻，但是沒辦法，我們現在就是「當年的我們」呀，我們就活在當下。

活在當下，其中一種意義並不激勵人心，並不是一種標語，而是我們在時間裡不能偷跑也不會落後，就是活在這樣的每一刻。

然後長大了，成為更遙遠的自己了，向老舊時光裡的自己舉杯致意：因為我們走過來了，才到現在的地方。

那天晚上，我們沒有乾杯，各自空了杯底，各自回家。

即使遺落了季節的樣子，我也還記得，散步回家的路上，迎面吹來了涼涼的風。

未來的明信片

不知從何時開始，我養成了在旅途裡寄明信片給自己的習慣，有時找不到當地的明信片，就自己做一張，從便利商店影印出來，用隨身攜帶的郵票貼好，繞路找一個郵筒丟進去。

通常到了觀光景點，都會好運地碰上代寄明信片的店家，能省下許多手續，其中偶爾會遇到的「寄給未來的明信片」頗具特色，店家會先把客人的明信片保留起來，直到指定的時間到了再寄出。

我在旅程裡看到時，總會為此停下腳步，然而，我真正寄出這樣的明信片，只有一次。

「欸，我要寄這個，妳等我一下。」旅伴花小姐喊住了在路旁發呆散步的我，說完話便走進一旁的店裡。

車站旁的街道開了一排小店，店裡店外都是悠閒愜意的氣氛，臨時起意來到這裡的我們，換了幾次車，最後搭著火車抵達終站，到了山裡的小鎮。

長長的鐵軌鋪了我們的來路，夕陽打過林間樹葉，斜照在上頭，我繼續在路旁閒晃了一下後，才彎進店裡，看到花小姐在小小的木頭櫃檯前埋首寫字。

「未來的明信片？妳又要寄啊。」我瞄了一眼牆上幾個大字，好笑地問她。

「對啊，每看到一次就會手癢想寄。」她一邊回答，一邊丟給我一個要我安靜讓她好好寫字的眼神。

我舉起雙手表示投降，轉身逛起店裡，卻因為即將打烊，商品都被仔細蓋上布，收拾得差不多了，於是我又繞了回來，向她搭話：「為什麼妳喜歡寄未來明信片啊？」

花小姐停下筆，認真地看著我回答：「因為，我喜歡啊。喜歡還要什麼理由嗎？妳也寄一次就知道這種感覺了。」

「可是我還真的不知道，那時候我會在哪裡，」我指著牆上的標語，說：「一年之後耶？我在哪我是誰我在幹嘛都不曉得。」

「妳太誇張囉，」花小姐給了我一個白眼，接著聳了聳肩，說：「我也不知道啊，但是先寄了再說，就是這樣才有趣嘛。」

說完，她低下頭，繼續認真地寫著明信片的內容，我只看見上頭密密麻麻地透著藍色筆跡，而握著筆的那隻手，還在刻畫著些什麼。

那個時候，我還是深深覺得一年後的自己會在一個別的地方——不是今天這裡，不是明天那裡，就是一個說不出名字的地方——卻突然看見一款極為喜愛的明信片，於是結了帳，提筆寫下第一張寄給未來的自己的明信片。

在已經遺忘自己寫了些什麼的時候，某天花小姐傳了訊息給我：「我的未來明信片，寄到了耶，妳呢？」

「我的明信片，未來。」

我則是很快地回覆了她，不意外地收到她好氣又好笑的一句輕輕的，白痴哦。

「大致上都跟我想得差不多耶，不錯。」花小姐拍了照傳過來，說。

「我收到了再跟妳說。」

說完這句話，又過了好一段時間我才回到家，那張曾經一見鍾情的明信片便躺在信箱裡。

「未來的自己：

妳好嗎？要去遠方了嗎？這年的夏天熱嗎？上學期的體育學分拿到了嗎？騎車是不是安全呢？有沒有瘦了一點？家人好嗎？畢業快樂了嗎？他好嗎？」

短短的幾行字裡，塞了一年份的問題，一年前的自己在想些什麼呢？隨著那天的夕陽落下，思緒也彷彿被埋進最後一縷陽光裡頭，融進黑夜裡了。

我把明信片面著光，再看一眼，拍了一張照傳給花小姐，然後又看一眼，那麼

多問句，我沒有回答任何一個。

寫完明信片那天，我們看著夕陽落下，決定錯過原定的那班列車，沒想到天黑得比預想中快上許多，四周的店家一起關了店，剩下黃亮的窗戶，透著一戶戶人家晚餐時分的味道。

除了空無一人的月台，我們一度不曉得該在哪裡打發時間，花小姐突然指著遠方說：「有人往那裡走欸，我們要不要去看看？」

「我沒看到人啊。」

「……是妳來不及看到而已啦，」花小姐遲疑了下，用透著安慰的語氣說：「反正就走去看看，時間這麼多。」

我苦笑了下，她嬌小的身軀裡，彷彿永遠都有比我多出許多的勇氣和好奇心，敢挑戰陌生的事物，更常的是，拉著我一起嘗試。

於是我們往沒有路燈的巷尾走去，拐了彎之後，仍然是沒有燈光的小巷，走了好一陣子，聽見遠方的車聲越來越近，才終於走到看見幾盞路燈的地方。

在下一班火車抵達之前，我們坐在路旁的便利商店裡，買了零食和啤酒，小口小口地喝著，山裡的夏天夜晚很是安靜，也很熱鬧，而我們彷彿把自己放到了一年之後的字句裡，想在收信人的手心裡停留更久的時間，於是不發一語，試圖用安靜來換取更長的時光。

酒會喝完，列車會來，我們的未來也終會到來。

沿途的路程像一場旅行，會有許多陌生人，也有許多旅伴，而那些成為朋友的人是這樣的，你們不一樣，不會一樣，甚至有很多完全相反的地方，可是你們補上對方沒有的——不完全補齊，讓對方還有一點前進和進步的空間。

所以你們會越來越好，你們都會變得更好。

我們要去的未來並不會一樣，但讓我們祈願，到那個時候，我們都還在彼此的路上。

香水

寒冬裡有躲了整季的種子味道和舊年春天陽光的氣息，足跡裡有迷路時不安的氣味，而桌子上的一杯咖啡，有被不同方法喜歡著的香氣，加了很多牛奶的是一種；純粹直飲的是另一種。不一樣的味道摻雜在一起，便能畫出我們生活的樣貌，有時候那些氣息悄聲融入生命，有時候，卻需要長途跋涉、大張旗鼓地把它們裝進自己的手心裡。

我有過好幾罐喜愛的香水，其中一罐的名字是「第一縷陽光」。

十五毫升的小玻璃瓶，握在手裡大小正好，又怕因為體溫影響了質地，捧了一下子就馬上放開手，香水瓶像守護每道星空裡的夢境般，站在床頭櫃深處。

那個冬天，R說好要陪我找一款香水，一款我不曉得味道如何，只知道我會喜歡的香水。

寒冷的城市裡，掛著漫天的灰白霧氣，太陽被放在天氣預報外的位置，整座城市都刷著霧面的顏料，人與人之間都有著模糊的距離。

怕冷的R把臉縮進厚織圍巾裡，露出鼻頭和眼睛，連話都變得含糊了：「窩們要走哪條路？」

「下個路口左轉。」我伸出沒有戴手套的手，往前方指了指。

幾度來到城市這個角落的我，能夠不看地圖，就帶著R穿越幾個街口，然後轉進巷子，明顯地感受到寒風弱了下來，我拉開外套領口，讓冷空氣擁抱自己。

轉頭露出嚴肅的表情，我對R說：「好了，接下來我們就一起迷路吧。」

「啊？喔，好。」她解著圍巾的手頓了一下，疑惑地看向我蹦出的一臉笑意，然後淡淡地點了頭，一如往常地恢復冷靜。

她知道我的意思是，來到錯綜複雜的巷子，就已經有了迷途的準備，鑽進這家店，再從另一家走出來，接著轉向更深的巷弄裡，準備循著直覺走完整趟路程，可能偶有意外，可能一路順暢。

有時目標是簡單並且單一的，像一瓶小小的香水，就是那天唯一的目的，可是有時我們會看不清目的地的全貌，以為走捷徑，卻繞了彎，直到輕輕撞上面前的一道牆，才知道不小心走到目標的反向了，於是沿途摸著回去，雖然慢了點，還是會到終點的。

我們會迷路，會失去方向，但是會一直有目標。

巷弄裡時而混雜，時而靜謐，舊磚瓦和廚房窗戶冒出的蒸氣，讓這一方天地和城市的時間流動劃了開來，空氣裡夾著濕氣和下雪前冰涼的味道。

走過幾戶正在煮飯的人家時，眼前的霧氣幾乎要淹滿視線，不濃，卻散得很遠，人影在霧裡重了幾道影，在那裡，我們看見更深巷弄裡的一盞暖光。

正好，那是一間香水專賣店，座落在弄底，漆了色的木頭窗框，架著整面擺滿香水瓶的玻璃櫥窗。

「這裡可能會有妳喜歡的味道。」R向方才對其他家香水都搖頭的我說，便推門進了店裡。

小小的店面，三道牆都擺滿了各式大小的香水罐子，隔著它們的，是同樣用玻璃瓶裝著的咖啡豆，讓客人在對香味麻痺時緩和一下嗅覺。

「嗯，『和風』、『自然』和『記憶的味道』嗎？名字取得很漂亮。」我一一看過去，邊唸著香水名字邊和R說。

她也在一旁看了看，小聲地回了一句：「但是也不知道到底是什麼味道嘛。」

我笑了起來，以R的個性，最好讓香水瓶子上標清楚香水調性，以及前、中、後味的所有成分，都寫得清楚，不需要含糊。

「聞聞看就知道了，」我拿起其中一瓶香水，說：「就這個吧，今天的天氣沒機會看到的『第一縷陽光』如何？」

R接過去嗅了一口，又塞回我手裡：「這個，妳應該也會喜歡吧。」

相識七年，她知道我喜歡的東西，我知道她擁有的個性。

偶爾，我們會喜歡上一樣的東西。

我們各自捧著同一款的香水走出店門時，相視而笑，她重新圍好圍巾，我攏了攏領口，慢慢朝車站走去。

走出巷弄的時候，剛過了中午，整個早晨的陰涼，讓雲霧後的冬陽曬開了，溫暖的光灑了下來，長路遠方的柏油閃閃地發著光。

我知道時光不會倒退，也不會被誰快轉，所以不怕這些含有香氣的記憶會揮發得太快，也不怕生活會突然混入陌生的氣息。

在那個冬天之後，我們各自遇到許多事情，生活有了不一樣的味道，直到一切又回到規劃好的日子時，我們到了一個陌生的地方生活，在房間裡，我擺上那罐香水，不時打開瓶蓋，讓香味散在空氣裡頭。

房間外的陽台在早晨會讓太陽曬暖，掛在那裡風乾的圍巾，早已失去了那個冬天、那座城市角落裡的濕霧味道，而是鋪滿了陽光的氣息。

依然記得，那天有一罐香水，我們都喜歡，有一段時光，我們不會丟失。

2、

我們會害怕忘記，害怕自己，害怕所有的回不去。

可是我希望有一個小小的、安靜的角落，在那裡不怕天空也跟著大哭，如果你哭了，手帕無限量提供，不包含擁抱，但要是你再哭久一點，我會抱抱你。

所以不要再害怕了，你想要愛的人很好，你很好。

如果你還是難過，記得那個小小角落。

2018／11／23

1.

我希望我有一個角落屬於你，不是無畏風雨，不是無謂而已，而是你偶爾想起我了，就會去那裡。

在深夜的雨街上快步走過，留下一點淺淺的腳印在提起的腳跟下，我突然想起你說的話，關於那些難過的或是快樂的，都在一個瞬間開始變得難忘。

難忘難忘，其實是我不想忘掉你，不想忘掉有一張白色餐桌，盛過我們的夢，不想忘掉也有一種疑惑，包覆著對未來的承諾。

輯四

家人

愛和瞭解的正中間

張手迎接生命的炸彈

二十二歲那年秋天，我生了一場病。

也許這樣的敘述並不太精確，但那像一個原本大步前進的人，突然輕輕踩了一個錯步，踏上久遠時光裡的一顆未爆彈，碰！這個人就從中間折斷，還來不及感覺到疼痛，已經有人在一旁宣告，前頭有路，可是再也走不了了。

初秋的某一天，在例行檢查時候，一邊和熟悉的醫生聊著幾天後要開始的另一段人生計畫，一邊告訴她，這幾個月發現有些異常卻又似乎無礙的地方，那是我在左耳前方，一個突起的腫塊。

醫生伸手摸摸我說的部位，又摸了摸，確認再三，沉下原本的笑臉，嚴肅地吐出幾個字：「這個要盡快進行手術，我怕是不好的東西。」

她的用字頗為溫和，「不好的東西」感覺起來和「好的東西」相差不遠。

我露出了解的表情輕輕點頭，而站在一旁的媽媽看起來很想哭。

於是，被炸彈折了一半的人，就此成為兩段身體，左邊是傷口，右邊是平安無事。於是，被炸彈對折的人，沒辦法好好走路，好好聽完一首歌，好好在計畫裡走滿每一步。

我沒有因此哭過，比想像中平靜許多，把手續辦妥，也通知了幾個老朋友。

接著，取消了所有原本即將執行的計畫後，把自己停下來，生活裡單純地剩下許多想做卻一直沒做的事。

譬如在有陽光的日子想出門，就走到熟悉的公園，坐在草地上看書曬太陽。

譬如想和妹妹到東港吃一頓生魚片大餐，就和她一路愉快的南行。

譬如在住院之前，想見親愛的人，就去見。

妹妹替我的腫瘤取了一個名字，叫做「小可愛」，她說：「這樣聽起來，整個人都變得可愛了。」

我很喜歡這個名字，於是和大家介紹，這是我的小可愛，她真的很可愛，一點都不會帶給我疼痛，一點都不會不舒服。

可是小可愛長大的速度，比醫生預想的快上許多，在兩三個禮拜內的陸續檢查裡，她就長大了將近一公分。

在那些日子裡，家人在我沒看見的地方流了很多眼淚，和他們說話的時候，可以聞到苦鹹的味道，散在他們的眼角和髮鬢之間。

家人並不會因為自己的難過而哭泣，卻在其他人可能痛苦不安之前，就率先哭起來。

入院的那天早晨，是有著陽光的秋天，難得待在許久沒回來的城市，那天的陽光和身邊的人，都顯得特別難得。

抓了一點時間，我和他見了面。我看著他，他看著我的左邊耳朵。

我們的生命裡都會有幾個時刻，讓清風流過都有花香，讓陽光灑落都是暖燙，而命運的彎折，都發生在即將。

手術在入院後的隔天一大早，我甚至在前一個晚上睡得很深，趁著秋天的早晨還沒完全醒來，我順勢賴床。

妹妹在病床邊笑說：「等等打完全身麻醉，妳就要睡夠久了，現在還不快點起來？」

我笑著起床，換上手術服，是淺淺的綠色。

後來，經過漫長的手術，直到下午三點多，我才回到病房。

依照程序，離開手術室後，病人還沒恢復意識，要在恢復室裡由護理師們照看，直到醒來並且確認狀況，才能送回病房。

那個時候，我差點醒不來。

差一點點，就會永遠睡在夢的國度裡，無法回應世界的任何一句話。

總算恢復意識後，因為對麻醉藥強烈的反應，幾乎吐得又要暈過去，等到平靜了些，才被准許回到病房。

躺在病床上，讓護理師推著病床離開恢復室，爸媽和妹妹便馬上來到床邊。那個時候第一次明白了，那些在電影裡看見家屬跟著病床走的鏡頭，躺在那裡的攝影機是什麼樣的感覺。

在不大的病床躺著，能看到的世界很小，除了一格一格經過的天花板，和一根一根晃眼的日光燈，視線所及就是爸爸、媽媽和妹妹。而床頭的醫護人員，我是看不到的，沒有力氣抬首，也沒有力氣抬手。

我努力對他們笑著，當下卻忘記麻醉還沒全退，所以肌肉根本無法牽動，在他們眼裡，可能只是一張微瞇眼睛的表情。

但他們跟我說：「很棒，妳很棒，沒事了。」

是這樣的，能夠縫好傷口，離開手術台，讓醫護人員說：「好，可以回病房觀察了。」

就可以沒事了，這樣就好了。

四粒輪子撐著一張床，躺好一個人，被好多雙手扶著，正在往回走去，喀啦、喀啦，輪子壓過地面磁磚接縫時，輕輕響起聲音。聽起來很遠，而躺平的我應該是離地板最靠近的人了。

我半閉著眼睛，感受著病床乘載身體的重量，以及許多顆心臟的重量。

回到病房，便沈沈睡去，偶爾從夢裡驚醒，睜開眼睛，爸媽和妹妹又會圍上床邊，問我是不是想吐，還是想上廁所。

我沒什麼力氣說話，連搖頭也會暈，還會扯到傷口和引流管，所以只是抿了抿唇表示沒有，又閉上眼睛睡著。

手術後的後遺症之一，是有一段時間，左半邊的臉知覺遲鈍，牽動嘴角想要笑的時候，顯得吃力許多，直到今天，左臉還是有些麻，縫了十幾針的傷口，仍然密密細細地痛。

生命裡種下一顆不曾定時的炸彈，在我們意想不到時爆炸，而我們張開雙手，以擁抱的姿勢，希望炸彈的碎片盡可能不要傷及家人們，然後在體無完膚之後，確認自己還活著，便期許明天的自己，還能笑得一樣。

即使後來明白，有時候要笑起來，必須花上更多力氣。

遇到炸彈了，碰，我還活著。

愛情還是麵包

愛情？還是麵包？

小時候第一次知道這句話，是在一張遊戲卡牌上，沒有像其他牌一樣有解釋或說明，在對話框裡就只寫上這麼一句。

已經忘了那張牌究竟是什麼功能，只記得小小的我從客廳穿過長長的走廊，跑到廚房裡拉著忙碌的媽媽，一路返回客廳書櫃旁的地板上，問她一句：「為什麼愛情要和麵包放在一起？老師說『還是』的前面和後面，要放兩個可以比較的東西。

為什麼兩個不一樣的東西，可以放在一起比較？」

媽媽露出思考的表情，不曉得一下子要如何和一個懵懂的孩子解釋。

那時候我不明白譬喻，不明白話有時候不會說得太好懂，不明白，世界上有許多相去甚遠的東西放在一起，仍有意義。

長大之後懂了，這句話想說的是，我們的人生終有選擇，只是，有時候真的只能選一個。

爸爸因為工作的關係，鮮少有時間陪伴家人，而媽媽也獨自撐起家裡大小事。

爸爸後來對我和妹妹說：「我幾乎是看妳們躺著長大的啊，晚上回來時妳們睡了，早上出門時，妳們還沒醒。」

媽媽能和爸爸的相處時間，也不比我們多出多少，很大段的時間裡，他們都是輕輕幾句話，害怕吵醒我們，在廚房小小的餐桌邊，在深深安靜的夜裡，就這樣牽過幾十年。

有些事情，過了許久才能明白，有些事情，過了很久之後，才開始產生疑惑。

小時候那張卡牌上的話，若是拿去問爸爸和媽媽，會得到什麼樣的答案呢？愛情還是麵包，這句似乎很難回答的簡單問題，對他們來說，會勾起什麼樣的回憶呢？

因為生活習慣的不同，即使生活多年，爸媽也偶爾有小事會產生摩擦，以往會聽見一方先大聲起來，另一方無辜辯解：這又沒什麼嘛。

通常這樣的發展，不是場面越趨火爆，就是兩人僵持不下，裝作沒事之後，下一次又遇到一樣的問題。

近年來，爸媽相處的時間長了起來，漸漸發展出一套平衡。有意見的那方不會一下子就大聲抱怨，對方也好好解釋和接受，把問題一個一個解決，剩下的小小拌嘴，也就當作生活的小樂趣了。

有一次我和爸爸在書桌旁各自忙碌，路過的媽媽唸了一句：「茶包不要泡那麼久，說好幾次了啦。」

我抬頭，看見爸爸微笑點頭，放下手邊工作，把杯裡的茶包拎起來丟掉。

「你不是喜歡濃一點的茶嗎？」我問。

「她說不要泡那麼久，那就先拿起來，因為她是為我好，」爸爸說：「而且這次先聽她的，下次才可以跟她『拗』啊。」

我聽完之後笑了，偷瞄了眼在不遠處忙碌的媽媽。

「我也會唸她啦，像是毛巾要晾乾的時候，一定要從正中間對折，掛在衣架上才可以，以前她都隨意掛著，被我唸幾遍之後，就改過來了。」爸爸的神情像是教會了一位頑皮學生的導師，有些得意，並且溫暖。

「愛就是這樣啊，習慣對方的習慣，」爸爸開口：「然後產生一個平衡，那就是我們相處的模式。」

我們在用愛把喜歡養大的同時，也養成了習慣。

對一個人好，其實是把自己手中的溫暖傳遞到對方手裡，真的願意，把自己的東西給出去。

但是，愛不僅僅是習慣對方的存在，習慣得到對方的溫暖。

愛，是習慣對方的習慣，愛是磨合吵架之後，靜下來說：「這世界上沒有比他（她）更好的人了。」

我知道，世界上一定有其他更好的人，只是對他們來說，彼此已經是最好的人了。

世界上有很多美好的童話，其中之一，是十七八歲一起的人，到七八十歲還繼續一起。

那樣的陪伴，多麼難能可貴。

而從來就沒有一種陪伴，是理所當然，有時候兩人的生活交集，有時候分離，能夠付出的陪伴，也許已經是手裡擁有的全部了。

愛情，還是麵包？

自己找不到答案，便試著把希望放到另一個人身上，可能就這樣剛好，一個人手裡有愛情，一個人手裡有麵包，兩隻手牽了起來變成一雙，再把手裡的溫暖各自交換。

那一天，我們就有了全世界。

紙飛機

至今相信，有一架摺得並不完美的紙飛機，可以把我們從夢裡送到童年時候的河畔。

在那裡，獨佔心愛的事物也可以，不想說再見也可以，親愛的家人們就在那裡，拍拍我們的背，輕聲說沒關係。

台東靠海有一家餐廳，那一年夏天環島時遇到一個小男孩，離開之後才想到，我沒有問他幾歲，只看得出來正好是最好動的年紀，對什麼都抱有好奇，對世界充滿熱情。

過了正午的用餐時間，我和旅伴空腹爬上二樓，習慣性地挑了角落座位，正放下沉重的後背包，就聽見樓梯傳來一陣乒乓作響，一個黑髮黑眼的小男孩衝上樓梯，在只有我們的二樓裡，隔著一段距離與我們相望起來。

「妳們要吃飯嗎？」他眨著大眼睛問。

旅伴笑起來，瞇著眼睛，開玩笑地說：「沒有喔我們要吃麵。」

「噢，好吧，」小男孩幾步跑了過來，趴在我們的桌旁說：「我中午啊，喝了養樂多。」

「你沒有吃飯呀？」我問，旅伴抽起放在一旁的菜單，橫擺在桌上，我用餘光瞄著菜單。

「有啊，我吃麵。」軟軟的聲調慢慢回答，夾著牆上剛啟動的冷氣機聲響。

他雙手擺在桌面，下巴靠了上去，冷氣吹來的風拂上額頭，幾絡短髮輕輕擺動，他閉著眼睛。

「哇啊！」一個清脆的女聲從一旁傳來，是一位店員，她低下身子對小男孩說：「你又跑上來了？乖乖在樓下啦。」

小男孩依舊趴在桌上，歪了歪身子，低低地往看上著她，沒有說話，盯了好一陣子，便突然咚咚咚地跑開了。

年輕女子帶著歉意地對著我們笑：「抱歉呀，老闆他們太忙了，他一個人的時候，很愛跑來跑去跟客人聊天。」

我們笑著說不會，然後點了餐，是披薩和沙拉，沒有麵也沒有飯，女子記下後微微點頭致意便下樓了。

二樓的另一端，牆上鑲著的大窗戶沒有窗簾遮擋，午後的陽光灑了進來，空氣裡的灰塵飄進光線的路徑時，輕輕發光著。

窗外的大街上只有幾輛車緩慢而慵懶地掃過，車聲也因此遙遠了起來。

「好安靜，好舒服哦。」旅伴小小聲地說，我也微微地點頭，像是怕太過用力，會嚇跑了某隻平行時空裡的精靈，它也許正在嘗試從那一端的湖面，來到我們這邊的海。

「——欸！」

好吧，精靈被嚇跑了，它再也不會嘗試要找到這裡了。

我回頭，看見突然發出聲音的，仍是那個黑髮黑眼的小男孩，不知何時，他又跑上樓了。

「給妳們看！我最心愛的玩具。」他擺上桌的，是一座精緻的樂高。「把拔馬麻買的，葛格幫我做的。」

「你有葛格呀？」學著他說話的方式，我問。

「在這裡打工的葛格，他很聰明、很厲害！」小男孩一邊把小人偶裝進樂高裡，眼神發亮地說：「我覺得，搞不好比妳們聰明。」

我們兩個都笑了，噗哧一笑。對看一眼後，不約而同地撐著下巴，看著小男孩忙碌著手上的工作。

「妳會這個嗎？」小男孩組好了人偶，在啟動機關前，抬頭問了我一句。

「不會耶，你教我好不好？」

「哼哼，好哇，就像這樣——嘿！」他開始動作，我看見在樂高之間有幾條橡皮筋錯綜著，下一秒，小小人偶就從樂高裡彈了出去，降落在我們桌子的另一角。

「哇，好厲害哦！」旅伴在一旁捧場地用力鼓掌，像看完一場劇後起身歡呼，而小男孩得意地抬起頭。

我摸了摸樂高，這裡看看、那裡瞧瞧，小男孩說：「葛格很厲害吧？我以後也要像他一樣聰明！」

我們兩個又笑了，這次是輕輕地微笑。

「——好了，妳摸太久了！」小男孩用身體擋住我對樂高的上下其手，說：「這是我的寶物欸，把拔馬麻買給我的。」

我張開雙手，做出投降的樣子，瞥見店員把餐點端上樓了，便開口：「好吧，那只好掰掰囉，對不對？」

我彎下腰，從小男孩手臂縫隙裡看著樂高，揮揮手。

小男孩嘿咻一聲從桌上抱起樂高，一口氣跑到樓梯口，才回頭說：「妳還跟它說再見哦？」

「對呀。」

「因為，它也喜歡妳。」

聽見他的話，這次我還是笑了，說：「對呀。」

享用完餐點，我們再度背起沉重的背包，緩步下樓，負責結帳的是老闆娘。

她說：「謝謝妳們陪我家小孩玩，不好意思呀。」

「還不是馬麻都不陪我玩，哼。」小男孩在一旁嘟起嘴巴。

「不會，他很可愛啦。」我們笑，說：「要聽馬麻的話哦。」

他還是用力鼓著臉頰，但仍然點了頭。

在店門口道別時，他埋進馬麻的懷裡，只伸出一隻手向後、向我們這邊道別，往後伸長的手掌，看起來卻像接力賽跑時，等著後方夥伴交棒給自己時的動作。因為知道對方會追上來，所以即使自己已經面向前方、已經跑了起來，還是相信手心可以抓住什麼那樣。

他的馬麻輕撫著他的背，眼睛瞇起來，笑著對我們說再見。

再見，再見，時間會接著跑著向前，有一天我們會發現，長大的痕跡是紙飛機的航線，只有自己知道若想擁抱一下童年，要如何把那段時光找回。

也許是再一次撲進家人的懷裡，也許是回想做夢的自己，也許是重新想像，我們有一雙翅膀，能夠抱著一切飛上天，無論在怎樣的世界。

舒適圈的正中間

春天裡某個下午，三點整，我們約在一個陌生的車站見面。

「愛瑪，我到了哦，正在等妳。」她的訊息先傳了過來，跳在手機畫面上。

我站在車廂門口，在逐漸減速的列車裡單手打字：「我快要下車了，等我一下哦。」

車門打開的時候，一股涼風竄了上來，纏起耳旁的頭髮，軟軟地搔著癢，我加快了腳步走向手扶梯，往上走去。

遠遠看見她的時候，我揮了揮手，她在牆邊站著看向這裡，車站周邊的地圖掛在她的肩膀旁邊。

「久等了，抱歉呢。」我走到她的面前，說著。

「啊，愛瑪，下午好！」她彷彿此刻才看到我般，搔了搔鬢角說：「其實我看不到有點距離的東西，之前眼鏡壞掉了。」

一邊往車站外頭走去，我一邊問：「什麼時候的事情呀？」

「欸？大概三個月了吧？」她回答完後看見我驚訝的表情，又笑著說：「太麻煩了，和店員語言不通，加上還要耗費不少時間，反正影響不大啦，這樣就夠了，哈哈！」

清澈的笑容掛在她巴掌大的臉上，長長的睫毛彷彿因為笑聲而輕輕顫動著，掩過一半她烏黑的雙眼。

她說，這樣就夠了，沒有一點後悔的樣子，瞇起眼睛查看路名的時候，也像是讓陽光曬進眼眶時，微微蓋起眼皮，都很自然，都很溫暖，沒有因為世界變得模糊就看不見路標。

和來自地球另一半的布魯娜相遇，也是同一個春天的事，我們都喜歡曬太陽，喜歡海邊，喜歡比較苦的黑咖啡，然後一起學著在家鄉以外的地方生活。

在商店街拐進巷子後的一個轉角，有一間靜謐的咖啡館，點了同一款偏苦的熱咖啡之後，她先開了口：「今天啊，我老公還在工作，他真的是工作狂耶。」似乎是被我閃亮起來的眼神逗笑了一般，布魯娜慢慢說起他們的故事。

儘管喜歡的事情不盡相同，自己和對方也都扶持彼此成長，褪去濃烈的愛情，延展成綿密細緻的一張布，染著兩個人都喜歡的顏色。

她說：「我們就像家人一樣了。」

我點頭，看著她雙眼發著光，微笑地說著他們。

「啊，但是呀，我弄丟了我們的婚戒哦，在白良濱的海裡，那時候被罵得好慘呢。」她伸出雙手向我證明，小麥色的肌膚在午後窗邊灑進來的陽光裡輕輕閃著，修長的手指上乾乾淨淨，沒有任何裝飾。

布魯娜繼續說：「從大學在一起然後結婚，我們走來七年了——」

「欸？等等，對不起，有點不好意思，但我可以問一下……妳不是才二十三歲左右嗎？」我有些激動地打斷她的話，甚至伸出了手，不明所以地打著手勢。

「咦？我二十七歲了哦，已經是個阿姨了啦。」她看著我驚訝的表情，似乎又覺得有趣而笑了起來。

「七年，很久了吧？」她一邊整理著思緒，一邊繼續說下去。

那場故事裡，她沒有說他們如何相遇，她只是說：「我們一起變成大人了。」一起長大，變得不一樣，只有感情還是相同的樣貌，展開雙臂和對方相擁，就是一個家的形狀。

我們都續杯了咖啡後，布魯娜頓了頓，緩緩開口：「但是呀，我覺得我現在站在舒適圈的正中心，沒有力氣、也不想走出去。」

是指生活規律或沒有新的動力嗎？我問。

「是像沒有夢想了一樣，」她說：「不是很失落的感覺，只是有一天突然發現，自己以前想過的夢，現在變得不怎麼想要了，可是也不是已經完成了別的目標那種感覺，就只是覺得，自己在這裡最安全。」

是不是有時候，為了要保護對方，於是用堅不可摧的物質凝成家的形狀，裡頭鋪滿了舒適的草皮，讓人不自覺躺下來享受這樣的溫暖和美好，總想著要再晚一點起來？

是不是有時候，正因為家人有柔軟的地方，所以我們才陷了下去，忘記自己做夢的樣子，其實也有著堅硬的一面？

我沒有把這些話，換成我們都懂的語言問布魯娜，只是輕輕問了一句：「那妳喜歡現在的生活嗎？」

「嗯，其實我還是很喜歡哦，」她笑了笑，說：「有點矛盾對吧？可是我和老公的關係很穩定，工作和生活也都很滿足，就只是有點不敢跨出去而已。」

布魯娜歪頭想了想，打了個比喻：「就像我通常只去同一間餐廳、同一個公園，不太會去新的店，但是像今天這樣走進陌生的店，就會很開心，覺得自己好像前進一點了。」

「而且找到喜歡的咖啡，就更開心了吧？」我指了指桌前空了杯的咖啡，她也笑了起來。

離開店裡前，我們最後一段談話裡，布魯娜很是認真地對我說：「如果有夢想，不要等，要馬上想辦法往那裡前進，可是也不能衝得太快，要用自己可以接受的速度，一天一天地走，要是想等以後的話，夢想就更難了，因為到時候很多事情都會變的。」

二十七歲的她，走路的步伐和生活的角度裡，都包含了另一個人的存在，而那個人是自己決定要成為家人的人，因此，抬腳邁進需要更多力氣，但也正因如此，遇見困難的時候，有一個最安心的人能和自己一起面對、解決。

成為讓對方柔軟的人，也讓彼此的模樣有堅定的一面，也許就是家人最理想的樣子吧。

2、

我是不喜歡煙味的，在很久以前的夜晚，旅宿的頂樓，我已經隔著一張桌子和一片夜空，把這輩子會住進身體裡的煙都吸乾淨了。

於是我想起了曾經有一個人對我說過：「如果有人一定要在你身旁抽菸，那就站在上風處。」

但他沒和我說過，如果有個人要在我身旁抽菸，而我佔了上風，這樣是不是我贏了呢。

他們說愛情是沒有輸贏的，我懂。

我贏了的時候，我們已經沒有愛了。

2018/12/13

1.

我想，也許某一天，在別的城市，
我會在公車上突然看向窗外的街邊，
然後對上你的雙眼。

那個時候，你會咬著一根菸，看起來正和一個人講電話，而菸並沒有被點燃。

而我只是在公車上突然轉來了視線，手裡抓著還在滴水的傘，那樣地看進你的眼裡。

那個時候，我將會想起一部電影裡男主角說的話，他說：「把會危害生命的東西放在嘴邊，但不讓它擁有傷害你的力量。」
你就是那樣子，輕輕咬著一根菸。

輯五

別人

故事未完，沒有待續

傷口是最好的思念

第一次看到那個女子，是值班第一天，剛成為民宿的小幫手，什麼事都還很新鮮，總是東張西望。在一樓戶外擦著落地窗時，一下子就看到女子，遠遠地從車站走來，T恤短褲黑布鞋，背著看起來很重的後背包。

她拿著抹布，就這樣看著女子背著陽光一步一步地走，雙手拇指抵在肩膀背帶下，視線微微放低，落在前方幾公尺。

女子走到民宿的門口，看了她一眼，露出禮貌的微笑：「我想要辦入住。」

「噢，好。」她點點頭，因為有些緊張，表情和語氣都帶著僵硬。

女子認真低頭填寫入住表格時，她看向對方的眉眼，在眉頭之間有著淺淺的皺紋，黑色的睫毛長長地垂著。

「那，等等我把房間鑰匙給妳，再帶妳介紹一下環境。」為了緩解緊張，她習慣性地轉起手中的原子筆，唰唰作響。

「我有來過，應該不需要介紹，」女子轉頭看了看大廳和通往樓上的樓梯，側臉看上去有些悲傷，回過頭來微笑著說：「不過還是謝謝妳。」

「噢，好。」她鬆口氣，也笑了，手中的原子筆不小心掉落，畫過虎口。

啊，原來這隻筆是藍色的。

女子在上樓前，經過民宿的相片牆時停了腳步，卻沒有轉頭看向牆面，背影看起來有些僵硬，隨後抬手提了提背帶，把後背包往上頂了些，便抬腳往樓上走去。

傍晚的打掃結束後，她準備交接離開，經過貼滿相片的那面牆，不禁想起女子，於是轉頭打量，看見角落低處有一張邊角因為潮濕捲起的相片，被幾張嶄新的照片蓋過。

她蹲低了下去看，照片上有三個人，一男兩女，照片的背景是這間民宿門口，日期押上去年的今天。

除了日期比較久遠之外，和牆上的其他照片並沒有多大分別，大家都在一張張的相片裡，留下一段笑得歡樂的時光。

隔天接近中午時，她坐在櫃檯後，轉著藍色原子筆，看見女子穿著一件印了圖案的短袖上衣，背了後背包要出門，同時瞄到那雙腿上的傷痕，印象中是昨天沒看到的，便開口問：「怎麼受傷的？」

女子又露出那個禮貌的微笑，回答：「沒有啦，就不小心的。」

那對雙眼透著和照片裡截然不同的味道，溫和有禮，並且帶著距離。

女子說話的速度不快，一個字說完，才吐出下一個字，彷彿為了確認說出來的話，不會造成任何人受傷一般，包括自己。

有時候，決定不說出口的話，是為了保護一些傷口，不被他人觸碰，也不碰到他人。

「不小心啊？那妳如果去海邊要小心哦，不要碰到海水，結好的痂好像掉了一些呢。」上半身幾乎探出櫃檯，她看著女子的雙腿說，算是替對話做了結尾。

「對啊，可能睡姿不好吧，早起時候就這樣了。」女子繼續笑開，但這次好像多了些溫度，說：「我會小心的。」

提著水桶到門外，她仔細地擦起落地窗，看見窗上貼著煙火大會的傳單，是這個週末將在附近的海灘舉行的活動。

「……咦？」有什麼東西閃過腦海，她抓著抹布認真思考。「咦！」

突然想起的事情讓她轉身跑回民宿裡，即使被水桶絆倒在地，仍迅速爬起，衝回相片牆前。

那張邊角捲起的相片裡，有一男兩女，其中笑得最燦爛的，是昨天那位女子，笑得彷彿沒有憂傷，眉頭之間平滑無比，沒有一點皺紋。

女子站在照片中央，右邊是另一個女孩子，左邊是一個男孩。男孩一手手心壓在女子頭上，一手叉腰，女子的手左右張開，摟著兩人的肩膀，而另一個女孩子的雙手，緊緊地絞在自己身前。

他們三個都穿著T恤，制服似的印著同樣的圖片，只在下方有不同的字，因為照片不大，看不清那些字是什麼，只依稀看得見衣服上的圖片，似乎是這附近的一片海。

三人站在民宿門口拍照，那時的落地窗上，也同樣貼了煙火大會的傳單。

衣服並不算陌生，就是女子剛剛穿在身上的那一件。

她想記起女子身上衣服的字樣，卻只記得她腿上的傷，細細地畫過幾刀，像她的兩道眉毛間的皺紋，切開柔軟的地方。

她默默地蹲在地上，想從照片裡看出一朵花似的，緊盯著它。

「……好痛。」她低頭一看，發現剛才跌倒的地方，正汩汩地流血。

起身看了照片最後一眼，她走入房裡把藥箱拿出來，替自己上藥。

直到傍晚交接前，女子都沒回到民宿，不曉得去了哪裡，是不是仍然一個人。

她拿出準備好的透明小罐，裡頭裝著對傷口復原有幫助的藥膏，另外在櫃檯寫了一張紙條，爬上樓梯，輕輕把兩樣東西放上女子的床鋪中央。

她不曉得女子的悲傷，也不明白那些傷口，只是希望每道傷痕，都會痛最後一次，讓傷變成疤，留在身上。

在那張紙條上，她只寫了一句話：「要好好保護傷口哦。」

受過的傷，我們有或深或淺的記憶，有些經過了時間，就慢慢被遺忘，有一些，到了明天仍會留下。

我們負責延續生命，而疤痕是一道再也不會流血的傷口，依然會痛、依然會無措，也替我們記住難過。

Always and forever.

Always and forever.

高中時，我的英文老師常常說這句話，她喜歡在一個普通的句子後面，接上一句 always and forever，整句話一下子就會變得相當認真而無法反駁。

譬如她說，她喜歡班尼迪克蛋，always and forever。

我就覺得，這樣的喜歡是會一直下去的，到她年老時分，依舊喜歡班尼迪克蛋，而每次說出口的喜歡，都像一開始喜歡上的一樣。

據說她現在已經結婚，搬到德國和丈夫一起生活。

在高三時，有一次她和我們聊起以前在英國留學時，一邊攻讀主科，一邊念德文的讀書模式。

「扣掉睡覺八小時和吃三餐兩個小時，一天就是念十四小時，」她劈頭便先這樣說：「至少。」

接著，她才慢慢敘述當年的讀書方法，以及遇到懶惰時候該怎麼辦等等，我記得那時候正好教到一課和拖延症候群有關的內容。

「小乖，你們要記得，」她拿著麥克風，全班突然很是專注且安靜地聽她說：「要先努力，才會有成果，也要喜歡你在做的事，才會有更好的結果，always and forever。」

她總是把學生們叫做小乖，並不是要我們非常乖巧只懂得說好，她說：「小乖呢，就先從聽老師的話開始，然後你們會一邊學習，一邊慢慢長大，等你們長成大乖的時候，記得要聽自己的話。」

我們那時候都是小乖，還不太懂得聽自己的話，是什麼意思。

畢業後，因為沒有保持聯繫，便以為老師仍在學校教書，直到後來才聽說，她結婚並且辭職了，我們是她最後的學生之一。

而我是一個平凡的學生，認真地學到了她的一句「always and forever」，印象中，她幾乎在所有含有「喜歡」的句子後，都會加上這一句。

一旦喜歡，就能永遠嗎？

有時候，我們會喜歡早餐有一碗冰涼的牛奶麥片，可是到了冬天，又希望能一直熱呼呼地喝著熱巧克力。

常常在中午時分和好朋友併桌吃便當，但也常常一個人跑到福利社買點心吃。

一下子喜歡這樣的生活、一下子喜歡那樣的人生，總是在變化的我們，一生中會不斷喜歡上從來沒愛過的一切。

那麼，不是永遠，就不能喜歡了嗎？

我後來才開始有點明白，老師在那時候說要聽自己的話，是什麼意思。「傾聽內心的自己」聽起來像心靈成長營的廣告詞，或是某個突然開始傳播正向能量的名人會說的話，有些不切實際，或者說，有些遙遠和不知所措。

然而聽自己的話，確實是我們必須學會的一件事。

知道自己喜歡什麼和不喜歡什麼，從「喜歡這個顏色嗎」到「喜歡這樣的相處模式嗎」都可以有屬於自己的答案，慢慢地認識自己的模樣，並且慢慢地讓別人認識的我們，都是同一個模樣。

我們並不一定會懂得永遠的樣貌，可是我們都有一生，一個不曉得什麼時候會結束、但現在仍然繼續的人生。

所以我們繼續時而喜歡，時而不喜歡，把偶爾當作常常，把常常當做總是，把總是，當成一輩子。

這一輩子，我們可以找到一件事喜歡，然後在喜歡的後面，加上always and forever，讓別人知道，我們會一直喜歡下去。

遺忘的速度

高中二、三年級時的班導，正好是我們的歷史老師，是一位時常帶著微笑的女性，儘管嚴厲，卻讓人感到溫和。

她在上課時，講到歷史——真的是「歷史」這個單字——時候，說：「歷史是人類共同的記憶，今天這樣，明天那樣，然後很久很久以後的人，透過歷史，來認識今天的我們。」

歷史是記憶，也是故事，當然，成為課本上文字的那些故事，身為學生的我們沒那麼輕鬆就能記得清楚。更多的情況是，考試的前一晚努力背誦，考完的當下毫不費力遺忘。

而關於記住那些課文，從老師口中聽到一段訓勉：「今天學習到的新知識，如果回家不複習，明天只會記得百分之二十五了。」

那時候不明白，是因為老師是老師，所以才能說出百分之二十五那麼精準的數字嗎？

很久之後的現在，我才明白那是一個名為「艾賓浩斯遺忘曲線」的理論。

看到理論名稱時，我卻愣了一下，明明輸入了「記憶，百分之二十五」的關鍵字，得到的結果卻是明明白白的「遺忘」。

漸漸明白，當我們想說記得，其實說的是遺忘的剩下，那些忘了以後，還留著的以前。

經由艾賓浩斯的發表和後代科學家的延伸，這個關於遺忘的理論有幾個特點。

「遺忘曲線本身代表在長期記憶裡遺忘率的曲線。」

我們的忘記可以被計算並且歸納成許多個點，連成一條在每個人、每個狀況下都大致通用的曲線。

「簡單來說，記憶分成短期記憶和長期記憶，專注習得或認知到的短期記憶，經由反覆的複習後，就會形成長期記憶，然而長期記憶的保存期限也有長有短，如果一開始不勤於複習，記住的東西就會遺忘。」

是的，我們終將遺忘，在瞥見一場風景的當下，擁有驚豔的感覺，把感動收成自己的經驗之後，我們終將遺忘。

但記憶要被放下也有前提：如果不勤於複習。

於是偶爾會去想想你、碰碰記憶裡的你，試圖不那麼容易忘記。

「對於曾經習得的內容無法想起，或是錯誤的再認，稱為遺忘。」

那些我們熟悉過的事物，輪廓在某一天變得模糊，湊近去看，仍認不出模樣。然而遺忘並不全然只是失去記憶，錯植的美好回憶，也是忘記的其一。

若我們的遺忘是曾經的珍惜，那多麼可惜，多麼令人嘆息。

「遺忘有規律，卻不均衡，最初的遺忘速度較快，後來會趨於緩慢。」人類並不會在記住一件事之後，每天忘掉一樣的份量，於是今天學到的知識、感受到的心情、記錄下的文字，沒有重新複習，明天就忘得差不多了，卻在後天只多忘掉一點點。

彷彿捨不得一兩次就全部忘記，一開始的忍心，後來變得不敢那麼用力。

「在記憶的深刻度會因為自身經驗而有深淺，針對某類型的所需記憶時長不一樣，所以每個人針對同一件事的遺忘速度不同。」

在學習新事物和知識上，是理解越深，遺忘越慢。在生命裡，就像傷口越深，復原得更慢那樣，對我們影響巨大的事情，越快記得，也越不容易忘記。

「年齡並不影響遺忘的速度。」

雖然記憶體的容量下降，能記住的東西不多了，可是即使年老，真正記住的東西，也不見得比年輕人遺忘得快。

「長期記憶像一條拋物線，那個最高點就是我們的記憶最強點，在記憶最強點複習同樣內容，會達到最好的效果。」

在遺忘之前，把你想起。

每天都寫寫你，那些關於你的新舊遠近，寫了又寫，於是關於你，我不怕忘記，只覺得可惜，怕太早寫盡。

關於記憶，仍有許多太複雜的解釋，可是我們明白，有些事情不必苦苦相逼，在輕輕抬眼之時就會想起，垂低眼眸又想一遍，有些事情，記得比遺忘更加容易。

而在那些容易記得的事情裡，被忘記的角落，反而又顯得珍貴了，這麼一看來，什麼事都能閃閃發亮，也許被記得是一種值得，被遺忘，也不算太失望。

不再喜歡

給舊愛：

我還是很想念那些日子。

早晨從一如既往的習慣開始，偶爾會不小心舀了太多咖啡豆，只煮出一杯咖啡，吃過早餐，在出門前對著鏡子練習笑容，那是你教會我的第一件事。

筆記本裡寫了許多行程，直到日落，那些點和線之間幾乎可以畫出一座城市的風景，但我知道，那裡沒有你。

現在我學會一個人做飯了，不再害怕噴濺起來的熱油，也不怕肉燉過了頭，第一次醃的漬物沒什麼味道，第二次則做得太鹹，下一次應該會很合你的口味，至於太辣的醃漬生薑，決定拿去做薑汁燒肉，結果很成功。

小小的廚房是一個嶄新世界，我以前不知道，原來漫天的星光，嚐起來都是鹹的，像舉杯過程裡，落了太多眼淚進去的一杯調酒，喝下去之後，整個人都融化在悲傷裡面。

你還記得那種面對面、雙腳踩著另一個人腳背的遊戲嗎？以跳雙人舞的方式擁抱彼此，我們只能往一個方向前進，有一個人控制方向，另一個人跟著走，所以總是只有一個人要面對未來，可是路面上的腳印，是兩個人前進的記憶。

走過許多地方，留下不一樣的味道，譬如劃過藍色天空的飛機雲、已經消失的一款焦糖烤布蕾、下山路上被風颳歪的雨傘傘架、雨過天晴的街道，還有平安夜裡偷偷放在你桌上的一個普通塑膠盒子，裡面裝著擠滿巧克力裝飾的牛奶餅乾。

那些味道若是能做成一罐罐香水，我想為它們取名，到時候再寫信告訴你。

至於那些溫暖夢境裡遇到的壞人，就像雨後在路上散步時一腳踩進的水窪，徹底模糊了一切，把整個夢都弄濕，我承認那是我哭著醒來的原因，而那個晚上，我夢見我們再見時的擁抱。

親愛的，我多麼慶幸，誰都無法清楚說明這些日子的意義，也沒有誰能清楚否定它們沒有意義。我也還相信，有一些默契深刻地劃開掌心，如果牽手的時候握得太用力，會淺淺流出血跡，如果好好揮手道別，就可以一輩子保護好自己，不怕遇上更複雜的掌紋時會迷路。

所以我不再接受擁抱的溫度，不再算準陽光曬暖的時間，不再輕易數遍山海之間的距離。

後來你不在了。

他們說，這樣的發展，剛好而已。
是啊是的，你若說好，我就跟著好了的那種剛好。

但我仍不知道，那些風花雪和月是否都與你無關；我不知道那些顛沛和流離是否都已遠離你；我不知道那些沉默靜寂是否都來自別人。
寫了太多，我還是沒有把故事說完的勇氣，而害怕的事物是心裡最大的那一塊。你願意給我更多時間，可我再也捨不得割下自己，雙手捧給別人。

你知道失去是什麼感覺嗎？
把漂浮奶油熱可可上的奶油都喝完後，攪拌棒就會不經意失去存在的意義。
傘架斷裂壞掉的傘面，失去淋濕的意義。
被拿出又放回的垃圾袋，失去乾淨的意義。
擦不乾淨的字，失去告別的意義。

我失去你的意義。

我失去你。

我知道，我們已經離得太遠，遠得讓一切都足以模糊，只是我還想你能在暖冬裡有好看的風景，我還想你會把難過的事情都丟在我這裡，我還想你可以找到更適合你的森林，我還想你在湖面上看見自己，我還想你在未來擁抱過去，我還想你。

很久以前我們說好要跳的那支舞，舞步和舞會至今仍在你的心臟右邊，而我只希望有一天，會聽見那首歌在耳旁唱起。

我們還要為了觀星驅車上山，到沒有光的地方尋找星光，那場流星雨擁抱你的星座，以前我也羨慕過。

我們可能快樂，可能悲傷，「我們」裡面有你，還有我。

所以我不願你孤單，像你不願我獨行，但我曉得，你現在已經不是一個人。

我會記得，把太長的褲腳捲起，不讓自己跌倒。

我會記得，先把好運收藏起來，見面時送給你。
我會記得，要是真的難過的話，就先大哭一場。
我多麼幸運，能在最後把最好的笑，都留給你。

你不是王子，我不是公主，但命運裡有著童話，於是我們會過著幸福的日子。
我們要過著，各自幸福的日子。

那是我們都希望的日子。

愛你的人

學會愛別人

我們一起走過了全部的季節。

看不清楚彼此的、看得太清楚的、說得出口和說不出口的，有時候我們比四季更加分明，有時候反了過來，可是在那些季節之後，我才慢慢懂得愛。

太慢的原因是，因為幸運地遇到極其包容自己的那個人，便把好的作為理所當然，壞的都是他要改，於是像個一直朝著光亮處走，最後才回頭發現把影子忘在起點的人，只好遺棄即將抵達的終點，沿著同一條路回去重新正視每個季節。

這時才明白，原來春天從來就不只是無限的雨後泥濘，不只是整疊曬不乾的衣服，秋天不是數不盡的颱風或太容易感冒的時候，春天讓一切都開始，秋天則試圖讓故事不要太早結束。

至於夏冬，這兩個佔盡了我們城市裡大部分氣候的季節，也幾乎沾滿了我們的味道，夏日午後濕透全身的雷陣雨讓傍晚涼風吹乾，濕冷冬天裡為彼此點的熱咖啡冒著煙。

而他一個玩笑，我就捧場地笑開，兩雙眼睛裡的星星亮著光，就串起了無數夜裡的夢境。

他們說我笑起來的時候變得比較特別，我開玩笑地說：「對啊因為我平常的時候只是個很平常的平常人嘛。」

我沒有說，因為是他教會我如何微笑，所以我的笑裡面，應該充滿了他的樣子。

後來，偶爾有人問起我們，我們就笑著說話，彷彿這樣就可以把故事說成一個簡單的笑話。

把過去抽一點點出來，最輕鬆的那段寫成短短的篇章，不必起承轉合，讓別人一眼就能看穿，看穿我們如何努力不再相愛，如何努力鎖住承諾，如何努力，以後都只擁抱自己。

所以從此有了一個符號，成為我們眼淚落下的徵兆，在他那裡，在我這裡，都無法輕易逃避。

也曾經以為，經歷時間，所有的傷口都會好，所有的思念都會雲散煙消，以為避不見面，他就真的會從記憶裡消失不見。

應該的，應該讓記憶削成薄薄的一紙信箋，上頭寫過的字都不再清晰，誰都不會知悉。

那時候竟然忘記，我們這樣一路走來，早就錯亂了彼此的足跡，於是他的和我的，都無法把界線劃清，再怎麼用力，還是會哭出一條透明的淚跡。

最後一次他說：「不要哭了。」

「好。」我是這樣回答的，沒有說出「我不會再在任何人面前哭了」的後半句。

我想著，難過完這季就好，下一個季節，我就可以重新開始，過著只有自己的生活，然後春天雨季、夏天陽光，秋天的落葉和冬天吹來的濕冷寒風，我都可以自己承擔。

只是那把小小的傘變得太大，太陽找不到他小麥色的手臂，葉子獨自落地，而冷風最後直接吹到了我這裡。

原來，春夏秋冬都無法把他遺忘，我也無法。

於是離開之後，我學會了獨自赴海、雨落撐傘，學會了數算枯葉的日期，我學會，和季節一起想念他。

因為曾經和他擁有過一樣的視角，所以這個世界看起來比較美好。

我知道有些地方彷彿再也沒有出路，有些街角幾乎都是一個個逼人的懸崖，真的遇到了，便學他的做法：把不好的事情拐九十九個彎來看，斷成一節一節的惡劣，也就沒那麼糟糕了，至於第一百個彎之後要去哪裡，就交給明天煩惱。

這個世界從來都不簡單，愛更是難，難得彷彿一輩子無解，只是，我正在努力學著愛世界，因為這裡有他。

也許未來很快就會失敗，失敗之後可能再也不想站起來，可是那些曾經柔軟的地方，都會在小小的地方繼續散著溫暖的光，像從薄紗窗簾透出午後陽光那樣，把沉睡的人輕輕囉醒。

就像這樣，跌倒之後便睡上一覺，醒來之後，再繼續前進。

我變得容易眷戀每一個季節，那些流星、海景和下不完的雨都是極愛的風景。
我變得容易擁抱每一個自己，那些難受的和彷彿不能回首的都是柔軟的自己。
我變得容易愛上世界好的地方，還有開始愛一點點那些不好的。

儘管早就失去寫信的資格，若仍能提筆去信一封，我只想書寫單行：「我已經可以愛上其他了，你也要。」

那些別人風景裡的山海，那些別人故事裡的浪漫，那些別人承諾裡的永遠，都值得我們去愛。

2、

如今一對剩下一只，你會特別留意
右耳上的那只，怕自己單走這麼一
路，就失去全部。

是這樣的，失去之後，我們確定自
己的擁有。

細數還在手裡的，確認他們此刻都
仍在這裡，讓他們安慰你，摸摸手
掌肉肉的那一塊。

那麼儘管你仍然惋惜從前並且害怕
以後，也不會忘記這時的擁有，銘
刻他們閃閃發光的樣子，直到他們
被你失去，被別人擁有。

2018/05/31

1.

準備好了嗎？還沒。

失去了嗎？失去了。

已經不是小孩子了，你說，又不像玩躲貓貓，還沒躲好就不能找。所以一切都會發生得很突然，尤其是失去，特別有感。

像晚上在車水馬龍裡步行，落了一邊的耳環，那聲哐啷你聽不見。明明戴著的時候很痛，怎麼掉的時候沒感覺，之後也沒比較輕鬆呢？你不懂。

掛著一邊的耳環，你和左耳若即若離，他想去尋，你只想走。

輯六

情人

你的好夢，不必有我

光，在遙遠的地方。

離聖誕節還有一段日子，街上已經開始帶著暖紅暖綠的氣味，在最冷白的冬天，給了最鮮豔的對比色。

妳穿著駝色羊毛長大衣，咖啡色毛帽和一雙精緻的裸棕色跟鞋，他說過這樣的色系適合溫暖而成熟的妳，而妳手裡的咖啡杯裝著黑咖啡，不加糖不加奶，是妳一向的原則。

抓著咖啡杯取暖，妳一手插進大衣口袋，站在街角等待。

他已在前來的路上，只是還沒抵達。

你們不像明亮的聖誕節或是溫暖的平安夜，你們像寒冷冬天裡的其中一個晚上，在閣樓角落亮著的燭光，好像能在你們之間的空氣中看滿灰塵，也能隨手一拂就摸到你們身上的灰燼，可是你們仍在燃燒自己，獻給對方。

彷彿燒盡了，就會成為早晨的第一道光。

明明知道，世界有世界的光，你們只有彼此身旁，小小的快樂和悲傷。

「嘿。」他的聲音從妳的左耳傳來，輕輕轉頭，左邊臉頰碰上他的鼻頭，濕濕的，像是某種小動物。

「大冬天的，你怎麼會流汗成這樣？」妳掏出手帕替他拭汗。

「怕妳久等，半路上跑起來了。」他閉著眼睛享受妳輕柔的力道，順手摟上妳的腰。「等很久了嗎？」

「沒有，我也剛到。」

妳說了謊，因為血液循環不好而總是冰冷的指尖隔著手帕，沒有碰上他緊緻又年輕的臉龐。

正中午的陽光，並沒有照進這側街道，而妳又特地選了個清冷角落，一旁是長長的狹巷，透著更冷的風。妳在這裡站了大半個小時，除了等待，沒什麼事情能做。

妳等著他，在冬天的街角等他，在二十歲的尾巴等他，在命運的齒輪之間等他。

而他來到，在妳最寒冷的時候，在不抱著期待的時候，在幾乎想要放棄的時候。

這樣就快樂了，妳說，把悲傷暫時放在旁邊，沒關係的。

「那我們走吧，」他牽起妳沒有拿咖啡的左手，塞進他的外套口袋裡。「肚子好餓哦。」

妳噗哧一笑，忍不住說：「你是發育中的小孩嗎？還沒中午就餓了。」

他彷彿沒聽見妳的揶揄，目光在大街上認真尋覓起餐廳。

陽光灑著大半街道，你們也沐浴在光裡，而妳看著你們相握的手，在他的口袋深處，觸碰不到太陽，卻還是兀自溫暖，透著些微的濕意。

為了提早慶祝紀念日，你們選中一間景觀極佳的高樓餐廳，正午的城市風景，收進眼底。

輕晃著酒杯，他對妳說情話，溫柔地、深情地說著，像是想用他的雙眼承接妳的眼淚一般，他從桌子對面走了過來，輕輕靠近妳。

「不要哭了。」他說。

他為了妳，放手一朝陽光。

已經幾乎忘記相遇的瞬間，是誰把誰拉進深淵，還試圖在那裡尋找光明，你們是一場極大的秘密，掩蓋在故事的上方，是一層又一層的光，因為有了太陽，就不會一眼看盡暗巷。

而妳不願彼此有一點說謊的機會，因為圓謊是一個太困難的輪迴，而他必須擁有一線生命，直直走到底。

為了把他明目張膽地藏起來，妳種了一片森林。

飯後的下午，妳平整無暇的床鋪被你們一起打亂，疲累混雜著疲倦，妳睡至黃昏，他起身穿了上衣又倒下，妳因此迷糊地半醒來。

「如果有一天，妳找不到我了，怎麼辦？」他看見妳眉心動了動，知道妳聽得見，拾起妳枕邊的一縷髮絲，摩挲著問。

「那我就大哭好了，」妳閉著眼睛，還沒從夢中轉醒：「像一個迷路的小孩，讓全世界都知道你必須找我。」

他無奈地笑起來，輕輕的聲音在妳耳邊散開，把妳從夢的國度牽回床上。

妳睜開眼看著他，他不知道妳的認真程度有多少，可能妳也不懂，是不是真的想要讓所有人都知道你們。

「如果有一天我不見了，你會不會找不到我？你會不會哭？」先看看他的左眼，再看看他的右眼，妳問。

他看著妳的雙眼，抬手揉了揉妳的頭頂，說：「別擔心，我不會的。」

你們盯著彼此，妳不知道他說的，是不會為了失去妳而哭泣，或是從此都不會丟失妳。

「嗯，那就好。」妳說，又閉上了眼。

妳是一片安靜的、祕密的森林，他是裡面一隻鼻頭濕潤的小鹿，竄跑在妳的深處，撞上心口時，妳便張手抱住他。

若是燃燒得過於熱烈，會怕毀滅，放得太寂靜，又恐從此悄聲無息。

正因為看不見遠方的希望，妳無助卻珍惜他的每一次奔放，讓他的笑，都成為光，讓他的擁抱，都成為張揚。

我們

軌道拐了一個彎，車廂前頭看見了光，隧道的出口就在前方，前往機場的車廂搖搖晃晃，晃出了幾波離別的愁緒。

我拎著行李袋，袋子的主人在一旁倚著欄杆快睡著，她長長的黑色睫毛捲翹得很，垂著的頭幾乎要點到胸前，手邊顧著兩個行李箱，一大一小。

萬的女友，小M。

第一次知道她，是從萬的口中聽見，那時他們剛認識不久。

萬說：「她跟外表感覺不太一樣啊，原本以為她是個小公主，後來發現是努力的灰姑娘。」

很快，萬給她的評價越來越長，變成「氣質獨特教養良好家道中落後努力變回小公主的灰姑娘」時，我大概才聽他說過三四遍而已。

我沒有問過小M對萬的評價，也許她會用工作狂三字帶過，也許多問幾遍，也會變得越來越長。

小M說，兩人的關係是情人。

「我是他的情人，他也是我的，但不談感情。」小M說這句話的時候，笑得眼睛都瞇起來了，尤其是說到「他也是我的」時候，她好像非常滿意。

「不談感情的情人？」我疑惑著問她，喝了一口熱烏龍茶，她面前則是雞尾酒，名字太長太文藝太複雜，我沒記起來。

「對呀，那樣太累了，我不想綁住他，也不想被他綁住，而且，他同意了。」

小M啜了一口酒，瞇起來的眼睛裡有點點星光，我還是沒看懂。

「因為他明年就要去很遠的地方了，」小M沉默了一陣子，說：「我沒有要跟他一起去，我有我的工作，那是他的。」

小M把她和萬的事情分得很清楚：他的，和她的。

我正要問出遠距離關係的問題時，她就搶一步開口：「他不想要遠距離，我也不想。」

一時之間不曉得要問她什麼，我又默默喝起熱烏龍茶，順便挖了一口提拉米蘇。

小M明天也要去遠方，另一個遠方，她自己的遠方，我說要為她踐行，於是在出發前一晚的城市一角，兩個女子在餐館碰面。

她熟練地點了一款調酒，連酒單都沒看一眼，在我點了熱烏龍茶的時候，小M毫不留情地給我一個鄙夷的眼神，然後看我捨棄主食選了甜點後，她更是連表情都懶得遮掩。

「天啊，」她做了一個誇張的手勢，繼續她的翻白眼：「餞別酒席上，妳好意思用熱茶跟甜點跟我說再見？」

我用手掌撐著下巴，好笑地回話：「如果我要一杯馬丁尼，妳會讓我喝嗎？」

「……可惡，不會啦。」小M瞪著我，甩過頭去和經過的服務生聊天。

她知道我的傷口，碰不得酒，所以那些玩笑，我也笑笑地回過去。

「妳看，甜甜又溫暖地說再見，不覺得很美好、很開心嗎？」我學起她誇張的語氣和手勢，捧著服務生送來的甜點和熱茶，歪身靠在她肩膀上。

「好啦好啦，妳說了算。」小M嘀咕了幾句，第一杯酒一下子被她解決。

兩杯過後，小M才說起她和萬的事情，她說兩人是情人。

「雖然喜歡的東西都很像，但我比較懶得去拿，他不一樣，會很積極地跑上去搶，通常都會搶到，搶到就會分我一點。」小M說得像是賽跑贏了之後，分得冠軍手裡的獎品般。

「可是妳不會跟他一起。」

「對呀，我太懶惰了嘛，」她又喝了一口酒，這是第三杯了。「不過有時候，我也是很努力的哦！」

我知道小M說的「有時候」其實經常發生，她不太把辛苦的事情掛在嘴邊說，但那些努力，壯大得無法忽視。

「那，你們都好嗎？」我問了一個極為模糊的問題。

「我跟他很好啊，」她說：「我覺得是這樣的，我跟他在一起的日子裡面，如果要每件事都認真的話，會受傷的，所以有一點喜歡就夠了。有一點點喜歡的東西，就足夠在這個世界生存下去，也可以在我跟他之間平衡下去。」

「妳喜歡萬嗎？」

「我喜歡他啊，當然，」小M的眼睛在酒杯後瞇起來，伸出食指和姆指比劃了下：「一點點。」

我從兩根指頭之間的縫看過去，只看見小M一個人，當然，萬不在這裡，我看不見他們兩個人。

「萬之前說過，他明年要去專注工作的時候，不想談感情，」我喝了口烏龍茶，已經有些涼了：「我以為他不會招惹妳。」

說到後頭時，我有些兇狠，也許是為小M可惜，但小M從來不可惜。

「他不喜歡這樣的關係，沒關係，那就沒關係吧，不要有關係就好了，」她說：「所以，當情人，但不談感情，只談別的。談價值觀、談生命、談存在的意義，也談性、談論各種姿勢與知識、談論生活的高潮和低潮，談論身體的高潮和低潮，可是因為從來不談感情，所以以上的這些統統沒有達成共識，也可以。」

小M已經喝完不曉得第幾杯調酒，說完一大串的話，口條清晰得很，只是眼神有些迷茫。

後來當她蜷起身子，倒在一旁的長沙發裡時，我聽見她的一句呢喃低語：「這樣，我們都不會受傷……」

那是我從小M口中聽到的第一句，也是最後一句，關於她和萬的「我們」。

打褶

打褶，用於裁縫技巧的一種，褶子分為很多種，譬如直垂褶、收縮褶和固定褶，而不同的布料或手法，也將影響成品的弧度、深度等形狀。

Y跟我說想要存錢買一台縫紉機的時候，我並不意外。

她是個在一條老靈魂外頭，用年輕軀體密密縫合的女孩，說話有禮貌而不失幽默，動作優雅輕柔，走路時候輕輕緩緩，停下腳步的話，就是挺直背脊、站定不動的那種。她喜歡讀古老時代的理論，從裡頭整理出生存的準則，正確和正當對她來說，是處事的基礎。

「可是，現在還不太適合，」Y說：「縫紉機的話，應該還要再過一陣子。」

我不懂所謂的適合，是她已經遇見，或者已經預見，而「適合」指的是時機，或是其他。

有一次穿了風衣和Y外出，在化妝室補妝時，她瞄了瞄我的背後，說：「我幫妳重新整理腰帶。」

我回頭看見先前把風衣腰帶往後打好的蝴蝶結，現在有些歪掉了，於是面對鏡子站定，讓Y替我整理。

「打褶的地方整理好的話，會比較好看。」她一邊拆開蝴蝶結，重新綁上，一邊說。

「好。」我從鏡子裡看見她的半邊臉，在風衣後專注的神情，只有在輕扯著腰間的布料時，還能感受到她的動作。

後來看見她和大Y相處的時候，不知為何想起了那天鏡子裡，Y的表情。

每一句看似玩笑的話，輕飄飄地傳進對方耳裡，卻極有份量，彷彿一次玩笑，都是一場承諾，他們兩個說好的事，好像沒有做不到的。或者該說，他們很清楚，即使是再小的事情，做不到的，就不會輕鬆說出口。

於是有許多事，我聽他們反覆提起，也有些事，從來沒從他們的唇邊讀見。

Y總是認真地對待生活，也認真地對待大Y，像那天她替我整理風衣腰帶，那樣細膩輕柔，整齊完好的褶子。

有天看見Y在把超市的塑膠袋壓平對折，便好奇問她在做什麼。

「只是把袋子束起來打個結的話，很佔空間對吧？被他影響之後，就習慣這樣了。」Y一邊說，一邊把塑膠袋的長邊對折兩次，然後把底部其中一個角折到對面長邊上，用三角形的形狀，反覆把袋子折起來，最後的提袋把手處，正好塞進三角形的縫裡。

「哇，這樣好方便啊。」我拿起小小的三角形，再看了看一旁散落在地上的塑膠袋。「我也要學起來。」

「而且，剛剛折三角形的部分，好像折星星的動作哦。」我做了個反覆折疊的手勢，說。

「對呀，」Y笑說：「我都是鬆鬆地折過去，他比我還認真，會把每一條邊都壓緊，才折下一次，所以三角形看起來都很端正。」

我看著手中Y折好的塑膠袋，邊角有些弧度，三邊也有點蓬鬆，但是不說的話，並不會發現。

那時我才明白，大Y同樣是個認真擁抱日子的人。

同樣認真生活的大Y，一樣有原則，也許是年紀更長、也許是經驗更足，那些原則變得更值得堅持，只是偶爾還是會在Y那裡妥協，笑笑地摸了她的頭頂，說聲「好」就答應的那種。

後來聽見Ｙ提起縫紉機，便想起打褶的衣襬，像生活折了又折，然後輕輕抓住一邊，讓剩下的散開，變成一排褶子。

用裁縫機製作褶子時，會有一些發現紙型上有奇怪的不規則線條，乍看之下覺得莫名，完成之後卻是個繁複美麗的褶子的情形。

打褶可以極為繁瑣，也可以簡約大方，無論哪種呈現，都是為了把布料的美感發揮出來，但是，每一個對褶點的距離、重合點都要精確，才能讓每個褶子的弧度形狀有相同樣貌。

Ｙ和大Ｙ，像是在尋找一段適合自己，自己也適合對方的生活，把彼此折了又折，變成待縫的一塊布料，認真對齊，在最適當的時間和位置開始筆直下針。

因為不願縫歪重來，在對方身身上留下洞口，所以每一針都要極為細心，於是兩個人在一起的模樣，就是一件好看的衣裳，日子打了褶，不打折。

我很少問起他們之間的事，譬如下雨的時候誰的背包裡會有傘，譬如早晨起來是誰會喝咖啡，或者譬如，他們手裡那個沒有對誰多說一句的未來，究竟長什麼樣子。

兩人身上總是帶著淡淡的中藥味道，我是很喜歡的，也許他們已經習慣，所以沒有發現。

未來那樣飄渺的東西，也可以像這樣嗎？只要自己習慣，不論別人是不喜歡或者更喜歡。

可是當兩個人已經做好細細規劃，準備密密縫合起兩條生命，有人就這樣隨手撕開，嘶啦一聲，那些人以自認親密的距離、精準的角度和理所當然的語氣說：「不，不行，你們不適合。」

哪裡不適合？我還是不懂，是時間不對、地點不對，還是把一切都轉成對的那面之後下了針，縫好的布卻跟底下其他塊連在一起了的那種不對？

Y和大Y只是笑笑，兩個人的眼角有相像的摺痕，瞇起眼睛就把秘密藏進去，把他們藏進去。

「現在就只是，還不太適合。」

說著這句話的Y，手裡正好拿著兩人洗好的衣服，準備要折好收起來，一件一件歸位。

我總算聽懂她說的是縫紉機，也是所有生活裡的其他，包括他們的日子。還有太多太多尚未跨過的檻，有些過於艱辛，有些細碎繁瑣，他們面前的路將是起起伏伏，不曉得會走進哪個迷宮裡，出來之後又會成為什麼樣子。

我知道，當Y擁有一台縫紉機時，他們的未來已經有了藍圖紙型，而照著上頭的細線走過，每一個腳印都踏緊之後，那些日子，就會縫成他們期待好的模樣。

有時候還不適合，生活會被打折，那我們就讓它成為好看的數字，等到生活要打褶時，就變成喜歡的弧度。

朋友

「你知道嗎？溫暖分成很多種。

擁抱的溫暖和散場的溫暖，拭淚的溫暖和哭泣的溫暖，在不同角色和時空裡，都有不一樣的溫暖。

你不知道吧？在分成很多種的溫暖裡，我最喜歡你。」

小節在情人節隔天的晚上，把儲存一夜的訊息按下傳送，呼拉一聲，綠色框框抱著黑色的字出現在兩人的聊天頁面。

他很快就點開訊息，傳了一個大笑臉，回：「我知道妳最喜歡我幫妳付餐錢的溫度。」

「反應不要那麼快好不好，我都還沒鋪完梗，」小節用雙手在螢幕上點了點：「說到這個，昨天你們有沒有去哪裡吃飯慶祝？」

過了好一陣子，白色框框的短訊息才跳出來：「我和她還是朋友。」

當朋友，是小節對他說過最大的謊，他收了過去，如今也開始類似地用起來。

小節不曉得這時該說「抱歉我之前不知道」「欸再加油一點」還是「那我可以嗎」比較好，心煩地在鍵盤上點按，再把亂碼般的文字一個個刪除，等他再多說一句話。

再一句話，她就可以恢復正常，天馬行空地聊天，把心臟塞回原位放好。

結果，那天誰也沒有再說話，訊息欄停在白色框短短的一句。

見面的時候，小節替兩人點了黑咖啡，不加任何東西，單純的黑咖啡。

「我不想逼她，她現在還有別的重心，如果還沒把事情結束，就要她跟我在一起，那對我們都不好，我想尊重她的決定，」他說著這段話的時候，眼神低低地看著面前的咖啡，嘴角帶著笑：「我會等她。」

那是否有期限，等待會不會變質，他們的感情，究竟會用什麼方式進行下去。

小節沒有問，那她呢？

世界上有一些愛是這樣的，一邊抱著傷害，一邊抱著期待。

不冀望下一次會更好，只是想把這次過好，用什麼角度和身份，都沒有關係。

「那你呢？」他喝了一口咖啡，眼神抬起來問。

小節以為是她的心聲被放大了出來，送到他的唇邊，差點要回一句「我只想一輩子在你身邊」給他。

「什麼時候要找個人定下來，不要都讓我付飯錢啊。」他伸長了手，用力彈了她的額頭。

她揉著額前紅印嘟囔：「因為我是小節，是五線譜小節的節，不是結束的結，所以我不會那麼容易就跟你結束的，你覺悟吧。」

「這是什麼歪理？」

「這叫做我愛你——」她緊急轉了彎：「的錢包，而且今天不是飯錢，只有一杯咖啡。」

「好啦，妳怪點子最多。」他笑：「不會結束就不會，反正妳胃口那麼小。」

渴求一段秘密的感情，甚至連當事人都沒有收下這份情愫，她不知道這樣的胃口到底算太小，還是大得不可能。

她突然想到，在五線譜上的音符，也會走到最後一個小節，然後結束。

「欸，可是，如果你們放開手了怎麼辦？」小節問，沒有向他開口問關於他們自己。

她沒有問，如果這麼好的一個他不能被對方珍重地留在手心，那她可不可以從影子裡長出有溫度的擁抱，接住他的一切？

可是他看懂她杯裡的每一句話，所以笑著回答：「那，我們，就還是朋友。」

小節喝光自己面前的那杯咖啡，見底的咖啡杯留著淺淺的咖啡漬，那句話就當作是收下了輕輕的再見。

她連他的空杯一起收到櫃檯，兩個人走到店門口，準備道別。

「欸，」小節從先前猶豫的回覆裡挑了一句來說：「再加油一點，希望你們趕快牽手過著幸福快樂的日子。」

她的語氣輕鬆帶著揶揄，扯開嘴角笑著。

「嗯，到時候再請妳吃飯。」他笑得真誠，逼得小節撇開目光。

「哎唷我真的很不擅長說再見耶，」她說：「不過我跟你說哦，我離開你之後，要過得更好。」

他噗哧一笑，說：「妳在說什麼啊？妳又沒有在我這裡過，要去哪裡都可以。」

小節最後露出一個笑臉，緩而認真地說：「我離開，你之後要過得更好。」

世界上有一些愛是這樣的，只能選擇期待，或是選擇傷害，最多能選轉身離開。
而他們都說時間會治癒一切，可是到別的時候就不會痛了嗎？
還是會啊，跟道別的時候一樣痛。

輯七

舊事

一邊回頭，一邊往前走

思念是最深的傷口

在東部的某一片海，妳把後背包隨地一放，脫掉鞋襪，踩上潤得圓滑的礫石灘，一步一步踏進海裡，讓浪打過自己，趾縫間綴滿細砂。

這裡是你們都熟悉過的海。

因為穿著短褲，腿上幾道未癒的傷口，細細地痛起來，一陣一陣地。

妳想起稍早離開民宿前，櫃檯後的女孩看見妳腿上傷口，問：「怎麼受傷的？」

女孩一邊轉著手中的藍色原子筆，唰唰作響，一邊和妳說話。

不遮掩、不上藥的傷口還很新，是昨晚一個人在黑暗海邊的歸途時，被路旁低矮灌木叢刮出的幾條細長傷痕。當下就痛起來，雖然應該不深，卻流了一路的血，直到回到民宿大門前，才用一旁的水龍頭把半乾掉的血跡沖洗乾淨。

妳說：「沒有啦，就不小心的。」

我們有時候並不會向所有人坦白，自己的傷口從何而來，也不會讓所有人都知道，流過的血都是沒留住的人。

「不小心啊？那妳如果去海邊要小心哦，不要碰到海水，結好的痂好像掉了一些呢。」女孩的雙手撐在櫃台，上半身微微探出看著妳的雙腿。

「對啊，可能睡姿不好吧，早上起床時就這樣了，」妳笑說：「我會小心的。」

海水慢慢浸到了膝蓋高度，妳站在正中午的海裡，周圍無人，僅僅遠方的灘上有幾個孩子在擦乾身體，準備離開。

突然很想大叫些什麼，並不是為了訴說秘密然後讓海帶走，也不是放聲高歌讓世界聽見，只是簡單地想用力說些話，說些很久以前就想大聲說出來到最後卻什麼都沒有說的——

「……我想你。」彷彿被烏蘇拉誘惑著開口的艾莉兒，聲音有點遙遠，卻真切地有三個字蹦了出來，從被太陽曬得有些乾澀的唇瓣之間。

「我想你。」

再大聲一點。

「我，想，你。」

再更多一點。

「我、想、你！」

妳用力喊了一聲，把胸腔裡的空氣擠出喉嚨，還給天空，天空裡會有妳用力放出來的三個字，和藏在裡頭的太多意思。

還來不及回頭，一波稍大的浪打來，妳沒站穩，摔進海裡，周身疼痛。

嗆了幾口水，但還是無事地爬上岸，於是把自己放平在布鞋和後背包旁，妳用小臂蓋著雙眼，曬起太陽。

剛才那些像是突然綻放的煙火，美麗燦爛了一瞬之後，只留下淡淡的刺鼻味道，浪潮的聲音很近地傳進耳朵，妳不曉得它們剛才是不是真的有聽見妳說的話。

那句已經過了半年，才說出口的話。

那一天，妳盯著他緩緩走進她的懷裡，正式遠離妳的生命。

那一天，他沒有說話，妳沒有說話，她說著好多的話。

那一天，說不清是誰離開了誰，而妳背起行囊，走往遠方。

那一天，你們離開了這片熟悉過的海。

「……好痛。」妳曲起雙腿，輕輕摸過小腿上的傷，新生的皮膚觸感平滑，沒有流血的傷口，不曉得從哪裡開始疼痛的。

陽光曬滿眼皮，妳繼續閉著眼睛，感受暖意，感受這片海擁抱著陌生的意義：在這裡，終於只剩妳。

等到把身上曬得八分乾時，妳翻身坐起，托腮認真看著地平線。妳不曉得現在的他，和她走到了哪裡，可是妳知道在這裡受傷的自己，會慢慢療癒。

像是想把聲音送到視線盡頭的海面，卻捨不得真的送得太遠，最後小聲地說：「嗯，最後一次了。」

最後一次，要好好地說出口：「我想你。」

有些時候，我們來不及把話說完，對方就回了頭。

有些時候，對方回了頭看著我們，我們說不出口。

而我們的傷，終究會變成疤，留在身上。

妳就這樣在海邊待了大半天，直到傍晚的遊客和路人多了起來，才起身離開。

回到民宿，櫃檯女孩已經下班離開，妳拉開上鋪的簾子，打算把沉重的包甩上去，卻瞥到一個小小的罐子，壓著紙條在床鋪中央。

拿下來一看，是塑膠透明的分裝罐，裡頭有著乳白色膏狀物。

紙條上只寫著一句話，是藍色的原子筆和女孩子的筆跡。

整齊清爽的字體寫著：「要好好保護傷口哦。」

兩百分的快樂

他是個陽光的人，大家都這樣說。

看見他的時候，嘴角總是帶著笑，偶爾面無表情，只要喚他一聲，抬起眼相對的那一秒，他就會連眼裡也帶著笑地看向來人。

「今天我回高雄，你有沒有空來高鐵站載我呀？」早晨接近中午，我傳了訊息給他，在台北車站的人潮裡一邊走路一邊打字。

很快地，他回覆「好呀當然」的字句，我便收起手機，刷了卡出捷運站，往高鐵首站走去。

那時候的高鐵，還沒有那麼多站，南港站尚未啟用，首末站是台北和左營，如果在機器購買票卡，還是橘色的票面。

我們一直覺得，很多事情不會改變，譬如這裡永遠會是首站，在發車前還有很多時間可以慢慢來、反正列車會停得比較久的一站。

在車站外吃了點東西，算算時間差不多，便慢慢往手扶梯走去，接近十一點的列車，已在月台等待。

坐上車後，我又拿出手機，傳訊息告訴他大概抵達的時間。

他說，那就等等見。

我說好。

放下手機後，看向窗戶，在倒影上看見自己的嘴角勾著笑，眼睛彎彎的，像另一個人。

從一個不太愛笑的人，到大約花了一年的時間習慣笑起來的樣子，有時候突然看見，卻還是不曉得原來鏡子裡的人是自己，原來我笑的時候是這個樣子。

他不一樣，他總是笑著，笑得像是每場陰雨都有暖陽，像是一個人失去希望，還是許下一個漂亮的願望。

這時候的他，總是笑著的。

「欸，我跟妳說，」列車經過台南後，他突然傳來語音訊息：「我這場還沒打完，感覺來不及了。」我從耳機裡聽到遊戲背景聲音，還有滑鼠和鍵盤噠噠的聲響。

「哦。」我想了想，也用語音回覆他：「那沒關係，我等等搭捷運好了。」

我一邊回覆，一邊收拾著背包，列車上即將抵達終點站左營的廣播，也被錄進我的那句話裡，一起傳送過去。

「那妳搭捷運要小心哦。」

「好啦，知道了。」

「等等見。」

對話停在他的「等等見」裡，我聽了兩遍，耳邊都是即將進站的廣播聲，他的聲音在耳機裡，卻好像在有點遙遠的地方，而當列車滑進月台，我背上背包，在微微搖晃的車廂裡往門口走去。

在樓梯上，我一邊踩著階梯一邊在腦袋裡轉著，從高鐵換乘捷運，這條不太熟悉的路線要怎麼走。

先出站之後，聞著咖啡香找到咖啡廳之後往左邊走，出了高鐵站，搭下行的手扶梯，就會看到往捷運站的標誌了。

好。我下意識地雙手拉緊背包背帶，刷了票根出站後，加快腳步，面上沒有表情，正要認真地嗅起咖啡豆的香味找路時，突然對上一雙帶著笑的眼睛。

在檢票口往咖啡廳唯一路徑，他斜斜地靠著柱子，柱子上貼著標示如何往捷運站走的路標貼紙，正好在他的雙眼旁。

我看看貼紙，再看看他，愣了好幾秒，總算反應過來，衝到他面前，張了張口，呆呆地說了一句：「你怎麼在這裡？」

「我剛剛不是說，等等見嗎？」他拿出手機，晃著聊天畫面，上頭掛滿許多語音訊息，最後一個是他那句兩秒鐘的「等等見」。

「可是——」我還想說什麼，卻沒有說出口，還是看著他，看著他掛著燦笑的嘴角，和笑彎起來的雙眼，然後在裡面看到一臉呆滯的自己。

看到最後，我笑了出來，認真地開始發問：「好啦，你等很久了嗎？」

「沒有呀，」他拍了拍我的頭，說：「剛才看到某人一路從樓梯上穿越人群狂奔，一下子就等到了。」

「那你怎麼知道是這個出口？」我又說：「離捷運站最近的明明不是這邊的剪票口。」

「妳不是把車廂拍給我了嗎？」他指著我捏在手裡的票根，耐心地回答：「我覺得妳應該會從最靠近車廂的樓梯上來，然後聞著咖啡香找到咖啡廳，再往捷運站走。」

「那，」我不曉得要說什麼了，嘟囔著：「那，為什麼要故意這樣啦！」

「這樣妳就會有兩百分的快樂。」他極其認真地看著我說。

我沒有說話，他慢慢地開口：「原本因為我不會來接妳，可能心情不太好，我們算負一百分，但是後來我在這裡等妳，心情好的話，就到正一百分好了，這樣妳不是比原本的零到一百還開心更多，有兩百分的快樂嗎？」

他盯著我，眼裡沒有輕鬆隨意，而是單純的認真。

看見這樣的表情，我就明白地笑起來：「老實說，這個歪理又是你突然想到的吧？」

他露出破功的表情，也笑了出來，我們牽起手，一起離開，身旁有陣咖啡香傳進鼻腔，是路過的人捧著美式黑咖啡，那是我們都喜歡的味道。

那是我後來一直喜歡的味道。

後來的高鐵台北站，在英文廣播裡從「Terminal Station」變成「Brief Stop」了，不再是起點或者終點，只是成了過路的短暫停留。

後來的他，還是笑著的，笑得像雨季前最後一道陽光，像一個人還剩一個願望，並且再也沒有提起要讓我快樂。

後來的我，擅自獲得兩百分，在每次笑起來的時候，想起他說的，記得要快樂。

有那麼多個「後來」在日後的我們手裡，真正拿出來的，好像都是準備好被陌生的目光擁抱的。

而我們之間的眼神仍然帶笑，他帶著他的，我帶著我的，笑意成為那年雨季之後的夏天，成為煮好後被取消訂單的咖啡一杯。

都有點晚了，但我們還是笑著，還是輕輕笑著。

執子之手，予你所有。

我在這些日子裡，把一個人生活的樣子學會了，或者說，把一個人生活的樣子學回來。

像遇見他之前的那些時光，獨自悠長，獨自憂傷。

在家看完催淚的老電影，那部我們一直說要看卻直到下檔都沒有一起看的電影，我在單人床鋪上對著電腦嚎啕大哭，一邊哭，一邊翻開早已熟讀的原著小說。讀完第七遍原著，和以往一樣哭得更用力，哭得眼睛腫成一對金魚，橘紅色的眼皮和掛著水珠的睫毛，在夢裡游來游去，游到空癟的皮夾，才輕輕責備自己，怎麼又趁著一股衝動，買下一本認真的哭泣時光了呢？

我也曾經給過他很美的諾言，執子之手，與子偕老。

然後我們經歷了以前，也經歷了以後。

在他以前，我沒想過以後。

在他以後，我擁抱以前。

「欸，你覺得牽手是什麼意思啊？」有一次，我在路上問起他，他的右手和我的左手扣在一起。

習慣了無厘頭開始的問句，他只思考了一下，假裝嚴肅地回應：「大手牽小手，一同去郊遊？」

我便再次輕易被逗笑，不再說話。

低頭看著我們相握的雙手，用指尖輕撫他的手背，滑到突起的骨頭，便淺淺停留，像一只擱淺的帆船，不願再揚帆離開。

在他的指側邊緣發現一顆咖啡色的痣，摩挲著捨不得放。

在放手之前，我們都會牽著手的，輕輕牽了起來，就想一路到老。

一起長大的路上，是我先鬆開了手，說著要長大成熟，卻掛在幼稚的邊界沒有前進一點，最後變得不知所措。

穿過我們掌心之間的時光是一把單面刃，原本該在我這裡的傷，卻錯植到他的身上，於是誰都無法好起來，傷口都是陌生的淚痕，一刀一刻一個人哭，而時間終究無法替我們包紮。

「我總算知道，」那天，他看著我，說：「本來就不應該把別人放進自己的未來裡。」

我不曉得那時候模糊起來的世界是誰的眼淚造成的，只是模糊了視線，迷糊不了事實。

一句話刻進心裡，我開始變成他的別人了。

「妳也說過，人都會變的。」他說。

的確，我用那句話傷害了他，無話可說也無從辯解。

曾經說過，放下不是丟掉，是收好。

把誰放下，像印證了那句「才下眉頭，卻上心頭」般，在決定要放下他的很久以後，發現他還完整如初地躺在我這裡的秘密基地，沒有人發現，彷彿整個世界，剩我有資格重新認識他，並且偷看他在夢裡流下來的眼淚，和在夢裡留不住的人。

所以我便偷偷摸摸、小心翼翼地把他抱起來，也許是想讓他睡得無夢無眼淚，也許只是想用一個藉口擁抱他，然後就會放手。

「那，放手是什麼意思啊？」很久之前的某一天，我又問了一句無厘頭的話。

「就是我會喜歡妳到妳不喜歡我為止。」他極為認真地回答我。

我看著他的表情，竟忘了回應本來準備好要感動他一把的答案：「放手，是我會把緊握和僅存的珍貴，都放在你的手心裡。然後，你儘管丟棄，儘管珍惜，我都不過問你。」

之後的日子裡，我也提不起勇氣，說一句：「我放手你，便是表示，我的寶藏都留給你，而我要一身撇淨，一生空著靈魂，自己上路。」

我害怕說出口的放手，變成長久的錯過，我害怕他若在未來回頭，而我已經把自己清空，他會認不出我用力愛過他的一縷魂魄。

後來，並不是變得不再害怕，只是慢慢明白，相愛的時候，便為愛互相，而在無法相愛的日子裡，為還愛的人過好自己的生活，才能把好的留給他看，讓他從此有風景相伴，把路走得更為平緩。

所以現在用盡力氣，想給他一小段承諾：「執子之手，予你所有。」

怕他不確定我的意思，還要再多說一句：「若是無法一同老去，便把所有的美好都給你。」

青春之后

青春之后的后，是皇后的意思。

大學一年級上學期，我和他一起選修了通識中文課，老師是一位優雅的女子，說話時候總是語速剛好，聲音堅定又溫柔。

在四年裡的陸續通信，我把許多故事說給老師聽，到大四上學期的最後一堂課結束後，我在鐘響後留下來，想過許多要說的話，最後卻都收了起來。

「要提早說再見了呢。」我走近講台時，老師停下整理東西的動作，微笑對我說：「下學期就沒有課可以給妳修了。」

「老師，謝謝妳，四年來真的學到很多。」我開口，用最普通的話遮過想哭的情緒。

因為太容易就哭這件事，被他寵溺著笑過好幾遍，一邊說著：「怎麼又哭了啦？」一邊笑著抹去我眼角的淚，但是這次只有自己，所以不能輕易掉淚。

老師輕輕地問我，都還好嗎。

之前的難過、悔恨與懺悔，都在一瞬間被提了起來，像整塊豆腐重重砸在了頭上，不太痛，甚至只是鈍鈍的，但留了一身的渣，那些白色的粉塊被輕輕一碰，又裂得更開，整塊過去碎散一地。

老師沒有問我，是怎麼走過那年的雨季，或者在接下來這年的大雨，我有沒有一把傘能夠撐過去。

她只是問，我都還好嗎？而我必會表示，都還好。

還好，是還可以說好——即使只有一點點的好也沒關係，這是我們在慢慢好起來的標誌。

這樣回答之後，彷彿就真的可以覺得「啊、還好，我還能說出好，所以之後也會越來越好的。」

不要擔心，我可以的，都走到這裡了，再走一點點就好。

「好多了，謝謝老師。」我輕輕回答。

教室已經關了燈，下午的斜陽灑在外頭走廊，南方城市的暖冬，總是會讓人忘記雨季的時候，淋半場雨就能濕一身的模樣。

安靜下來的學院，能聽到遠方街道的車聲，老師沒有開口，我也沒有。

時光一下子被抓回大學的第一堂課，我和他坐在講台下，在教室前方聽著老師說明課程大綱，他有些偷懶，從座位後方玩著我的髮尾。

總算明白電視劇和電影裡，會有這樣的畫面：調皮的男孩子因為把玩前方女孩的長髮，而在課堂上被老師點名。因為那就是我們會有的樣子，那就是青春的表現之一。

幾年的歲月像是放大鏡，時光一照下去，把一切都變得清晰，青春的我們，喜歡一個人可以用上等同生命的熱情，討厭一件事也能燒盡重新喜歡的勇氣。

然後就要說再見了，教室、老師、和其他。

老師一邊重新收拾起桌面，我揚起嘴角，轉身往門口移動，在與老師隔了一段距離的門邊開口：「那，老師，再見啦！」

老師先是回應了我的那句道別，像她往常還有故事要說那樣的語氣停頓了一下，說：「祝妳永遠青春美麗。」

我愣了一下，身體已經被踏出的腳拉出教室，一半到了走廊，來不及轉身回來，另一隻腳也已經跟著老師的尾音送出教室。

只來得及用眼角餘光收盡老師溫和的神情，那句話是一張輕飄飄的信紙，施了法註定要留在掌心，銘刻著一句：妳要永遠青春美麗，再見，再見。

最後，我只來得及押上一陣笑聲，充滿歡樂與勇氣，充滿希望的笑聲，來回應老師的祝福。

學院外面是落葉滿地的人行道，我在那裡停了腳步，細細思索老師最後說的話，好一陣子才提腳往前邁進。

老師，我可能不會永遠青春美麗，可是因為有過他，所以我的青春會永遠美麗。

青春之后的后，是皇后的意思。

青春之所以是皇后，是因為經歷了浪漫的王子公主，走過懵懂的歲月，嚐過任性的滋味，然後青春之後，我們道別，青春之後，我們就要長大了。

遺憾不宜早

遺憾是一場潮濕的雨季。

不對，我想我說反了。
是我的雨季充滿了遺憾，味道說不清楚，卻總覺得濕濕的。
直到後來忘了五月雨季的模樣，只想得起有一個人把臉埋在手掌心裡，他哭的
那個瞬間，我這裡也下雨了。

那個還能一起撐傘的雨季，在多雨的城市街道裡，他總是濕一半的肩膀，兩個人一起擠在小小的雨傘下，離公車站牌還有十五分鐘的路程。

「雨什麼時候會停呀？」我從傘面邊緣往外伸出手，接了幾滴雨水，抬頭朝天空看。

他把我抓回來放在傘裡面，一邊看著紅燈倒數的讀秒說：「很快就停了吧？」

午後沒有陽光，天空佈置著整片的烏雲，像下錯訂單而送來過多的灰色棉花，苦惱得輕輕一擠就壓出了水，落在人間。

我只煩惱沒有帶傘的他，自己回家的路上該怎麼辦。

那個時候的擔心和不安，大概就是這樣了。

看見公車站牌的時候，只剩下幾分鐘的路程，天空不再落雨。

「太好了，雨真的停了。」在他把傘收起來交給我的時候，我笑起來，原本的擔憂已經消失，卻看見他的衣服濕得貼緊上身肌理，又重新擔心起來。

「吶，過來這邊一下。」他往前跑幾步站在清澈的水窪旁，從那裡喊著。

水面因為風拂過而輕輕盪開波紋，像一座小小的泳池。

我踱步到他身旁。

「嘿—咻！」他大動作地從旁一腳踩進水窪，濺起的水花幾乎落在我的褲管，一路濕過膝蓋，而他除了鞋面有些水滴滑過，其他一概無事。

他看著我呆滯的神情大笑起來，我低頭看看褲腳滴著水，再看看他，還是沒能說出一句話。

於是他開口了：「這樣就一人一半了，很公平。」

他指了指自己濕掉的上衣和我滲水的褲子，滿臉得意。

彷彿一場雨的結果能讓兩個人都濕了一身，就算達成目標可以得分，彷彿傘面一人一半、乾濕一半，兩個人，真的都是一人一半。

我放棄擰乾褲管的想法，拉著他一路走到公車站牌，坐下等車，同時湊到他臉龐，伸出手指習慣性地捏起他的臉頰，說：「幸好現在我們都要回家了，不然等著感冒吧！」

他嘿嘿兩聲又笑了，我無奈地瞪著他，最後也笑了。

公車來了，他看著我上車，我看著他在車子離站後轉身走進捷運站的背影。

我們總是這樣，一起走一段路，然後搭上反方向的車，用差不多的時間，各自回家。

如果你要問，其實我並不曉得，這些都是笑聲的回憶，是如何變得潮濕又充滿遺憾的。也許，是他的一滴眼淚，把我們都淹沒之後，變成一片海，儘管我們都很喜歡，卻手足無措，不曉得究竟要不要上岸。

而遺憾，不是錯過拋救生圈的時段，不是猶豫撐不撐傘，不是最後上不了岸。

遺憾是，我上了岸，才知道他偏好我成為海。

於是，後來的我們把錯過的事情拼成一座游泳池，長寬標準，像學生時期不游到對岸就要繼續練習整個夏天那麼長的樣子，深度正好到胸口高，每一道水波都會輕輕撞上心臟，柔軟地反彈，彷彿我們的心是另一座宇宙，這個世界上的事物都無法傷害我們。

然後相信整座游泳池裡的水都來自最喜歡的一片海，試著在水深處想像自己正被那片海擁抱著，閉上眼睛就能曬到午後陽光，張開雙手到微笑的弧度，奮力往上劃開，在水面上留下自己的痕跡，下次有人不小心落水碰壞了那道印記，我們會先發現。

我們知道，那座露天泳池永遠盛著水，像我們的手心代替傘頂接住雨季，在掌心即將乾涸的時候，今年的雨就順勢提早落了下來。

所以今天的遺憾，仍然滿載。

明天出門的時候，請記得帶傘。

小說

七生之地

「聽說，如果在清晨的沙漠裡，看見一隻老鷹站在仙人掌上，那他一定是在等一條蛇來，一條背上有兩條金黃色紋路的蛇，只等她。」

一株仙人掌這樣說道。

蠍子用背上的複眼看著仙人掌，聽完他的話，相信是算相信了，卻還是問：「真的嗎？」

仙人掌輕輕說：「妳相信的話，就是真的了。」

「下次遇到老鷹，我自己去問清楚。」她甩甩尾巴，掉頭往遠處看去。

他們都沒有再說話，在還入夜不久的沙漠裡，帶著一點白天的氣息，而溫度已開始下降，正是蠍子慢慢醒來、仙人掌漸漸準備入睡的時候。

日復一日，他們看著綿延的荒漠和熾陽，看著沙塵和夜空，偶爾說些無關緊要的話，偶爾什麼都不說。

「我沒有看過老鷹欸，你有看過嗎？」蠍子突然問。

仙人掌想了一下，說：「有哦，有時候會有老鷹來停在我這裡。」

「真的嗎？」蠍子轉身回來，背上所有的眼睛都盯著仙人掌頭頂，那裡對她來說，和天空一樣高。

「嗯……不過我忘記是多久以前了。」

「你的記憶力很差耶，這樣哪知道什麼時候遇得到呀？」蠍子嘟囔起來，說：「不曉得為什麼他要等一條蛇喔？難道是獵物？不對吧，如果是那樣，飛出去找不是更快……」

聽著蠍子自言自語，仙人掌又慢慢地說：「不過，以前老鷹來的那幾次，感覺真的像是在等誰哦。」

「果然是在等獵物吧……欸，你睡著了哦？醒來陪我聊天啦——算了。」

悄悄離開覓食及散步後，蠍子回到仙人掌旁轉了轉，在西邊的位置窩下來。太過炙熱的陽光對蠍子來說並不適合，明天的太陽升起，他的影子會保護她。

「你今天太早睡了啦，這是個特別的日子耶。」她小小聲地開口。

月光灑了下來，蠍子的背殼淺淺地反光，比平常更為漲大的身軀，隱隱作痛著。

這不是她第一次蛻皮了，她知道，長達十二小時的過程，把自己和舊的部分分離、從頭到尾巴都裂開，攀出舊殼之後才算完成，然後身體一開始會柔軟得彷彿沒有保護，只是比以前變得更完整、更大而已，要緩緩地緩緩地把堅硬的軀殼長回來。

她知道，長大可以在一夜之間，可以只有自己一個人，可是從來都不是一件無痛而容易的事。

比朝陽的熱度更先感受到的，是一陣和平時不一樣的風，蠍子因為整夜無眠，剛入睡不久還有些睏，只是微微睜開眼，看見一隻老鷹正好收起翅膀，在仙人掌上立著。

「哇，老鷹！」蠍子完全清醒過來，一個勁地甩著尾巴晃動身體。

「妳醒了？」仙人掌的聲音從上方傳來。

「是—老—鷹—耶！」蠍子只是興奮地喊著。

老鷹歪了歪頭，一臉不解蠍子的激動，仙人掌才苦笑著說：「昨天正好講到你，她就吵著要找你問傳說的事。」

「哦？這是之前那隻小蠍？」老鷹又歪了頭，翅膀啪噠啪噠地揮了一下：「跟之前看到感覺不太一樣啊？」

沒有聽出怪異，蠍子揮了揮鉗足，抗議著：「那是因為我蛻皮長大了吧？欸、不對，我才不小好嗎？我已經快三歲了！蠍子活個七八年就很厲害了好不好。」

「好好好，妳不小了，是隻很棒的蠍子，這樣可以嗎？」仙人掌這番安撫的語氣，讓老鷹忍不住笑了出來。

「老鷹先生，我要問你那個傳說故事啦，你們老鷹真的會來這裡等蛇出現哦？為什麼啊？」

聽見蠍子的疑惑，老鷹哦了一聲，說：「對啊，不過還不是什麼傳說故事啦，就只是我的故事而已。」

聽見故事兩字，蠍子的眼睛閃著光，說：「那你等到蛇了嗎？」

「還沒。」

「欸，那不算是你的故事吧？」

老鷹把視線放到有點遙遠的地方，輕輕回答：「等到她之後，就可以一起變成故事了。」

蠍子在底下偷笑，仙人掌無奈地跟著笑後，老鷹不滿地開口：「有什麼好笑的。」

「就，沒想到原來你這麼浪漫哦。」蠍子說完，又忍不住噗哧笑開。

「認識你這麼久，還是第一次看到你這樣。」仙人掌也附和：「那，她是條怎麼樣的蛇？」

目光溫柔、語調放低，老鷹說：「她很美麗，雖然只見過一次面，但是那個清晨，我飛過這附近的時候，正好看見她，背上有兩條金色紋路的小傢伙。」

老鷹說完，又和仙人掌說了些沿途見聞，蠍子則在仙人掌的影子底下越聽越想睡，最後進入了睡眠。

老鷹離開後，仙人掌靜靜地站著，遠方是無際的沙漠，開始變得炙熱的陽光曬了下來，又是個無風的一天。

日常反覆再反覆，日出、月升和星空，過了許久，這些都已經變得習慣，只是這一年，雨下得更少了。

「好熱啊今天。」傍晚，蠍子從沙堆裡鑽出來，對仙人掌說：「這句話都快變成我的口頭禪了。」

仙人掌聽見後笑了，說：「希望趕快下雨呢。」

「就是說呀，不知道跳祈雨舞有沒有用哦？」

「妳又從哪裡聽來奇怪的故事了。」仙人掌對一隻喜歡聽故事的蠍子無數次感到無奈又好笑，祈雨舞可不是蠍類的傳統，也不是仙人掌的。

他突然有些慶幸，儘管生為兩個完全不同物種，他們一樣要在多數乾燥卻偶爾潮濕的氣候生活，溫度相差不遠，也不會一個在天空、一個在海洋——儘管只聽老鷹說過海是什麼樣子，他自己從來沒看過。

但他們相遇、相知，然後相惜，就很好了。

「……掌、仙人掌！」蠍子的聲音把他拉回現實，他低頭看著揮著鉗足的蠍，她說：「我在問你會不會開花啦！」

回過神的仙人掌想了一下，在漫長的歲月裡，幾十年來還沒有開過一次花。

「還是你是不會開花的品種啊？」蠍子又自顧自地說起話，一邊點頭：「再怎麼貧瘠的地方，都應該要有一株會開花的仙人掌，嗯，沒錯，因為你開花的話，一定很好看。」

仙人掌沒有說話，他帶著她斷斷續續的話語，進入了夢裡。

你開花的話，一定很好看，她說。

深夜，蠍子覓食完畢，趁著涼爽時分多散步了一會兒。

一旁，某個物體在沙地上蜿蜒摩挲經過的聲音響起，蠍子停下腳步，全神貫注地感受著。

「晚上好。」對方先出了聲，蠍子掉頭轉身，看見一條蛇，背上有金黃色的花紋，在月光下反射著光芒。

「哇，妳有一道花紋，好漂亮。」於是她不自覺地開口。

「可惜只有一道。」蛇緩緩移動到她身旁，說。

蠍子收起鉗足，舒服地窩在沙地上，有些好奇地問：「咦？難道妳也聽過那個故事？有隻老鷹在等一條背上有兩道花紋的蛇。」

蛇嘶嘶地回答：「可惜對我來說，永遠不會成為女主角了，那是別人的故事。」

偷偷數算著，幾句話裡就出現了兩次「可惜」，蠍子小心地說：「妳這麼美麗，還是覺得可惜嗎？」

「因為，若不是他喜歡的，好像就沒那麼大的意義了。」

「唔，他喜歡的話是很好啦，他不喜歡的話，別人也會喜歡——欸？等等，妳喜歡老鷹哦？那個眼神很兇的傢伙？」蠍子說到一半，驚恐地把背上的眼睛斜斜望過去。

「他是眼神不太友善沒錯啦……但他其實很溫柔的。」

後半夜的星空底下，一隻蠍子和一條蛇，輕輕地低語，交換故事。

「嗚嗚、嗚嗚，那隻臭老鷹，嗚。」蠍子的抽泣聲在夜晚迴盪著。

「好了，妳不要哭啦，我都沒哭了呀。」

聽見蛇的安慰，蠍子更難過了，把尾巴甩得用力，悲憤地說：「他怎麼可以忘記妳？明明救了妳，還沒有吃掉妳，有這麼違背臭老鷹天性的事發生，後來見面的時候還敢問妳是誰？」

「嘛，可能是他救過很多像我一樣的蛇吧，因為他很溫柔嘛，只是我就變得不特別了，」蛇柔柔地說：「但沒關係啦，真的，而且他現在在意的對象也是條蛇，我很榮幸呀。」

「才怪，」蠍子總算停下甩尾巴的動作，說：「要是我才不會開心，我們蛇呀蠍呀，壽命比他們短好多，好玩的故事都還沒聽夠，就要被他們弄得心煩意亂，哼。」

聽見蠍子撒嬌似的抱怨，蛇把身子蜷了起來，問：「『他們』說的是誰呀？」

蠍子語塞了一陣，沒有回答，硬是轉了個話題：「說、說起來，妳最近是不是剛蛻完皮？」

光澤的蛇皮在黎明前幾近全黑的星空下，仍輕輕閃爍著，她微笑答是。

「我之前快三歲的時候，有一次蛻皮完，妳的臭老鷹看到我就說，我跟以前長得不一樣，廢話嘛！蛻皮就會長大，就會變得不一樣了啊。可是我也有點難過欸，這樣會不會有一天，就沒人認得出我來啊？」

蛇本來想正色地插嘴，告訴蠍子一句「他不是我的老鷹，真的不是」，卻覺得「妳的臭老鷹」聽起來好像真的有一個瞬間，他是自己的了，光是想到就微笑不已，來不及聲明，蠍子已經繼續說了下去。

「不過，我之前聽說有誰因為曬太陽曬得太多而脫皮耶，哈哈，還好我一輩子都不用煩惱這個問題！」

蛇一邊聽著，一邊把蜷起的身子舒展開，和蠍子一起往仙人掌的方向回去。

「妳很不喜歡長大嗎？長大不是可以變得更好，也有力氣保護別人嗎？」在蠍子的嘮叨告一段落後，蛇問。

「我的尾巴不要傷害別人就不錯了，還怎麼保護啊？」蠍子甩了甩尾巴，上頭的螫針晃亮一閃。

「但是，跟我這種類的蛇的毒牙一樣，一生只能用一次對吧？」蛇說：「保護人也是有很多種方法的。雖然身上都有會傷害別人的東西，可是這也是我們擁有最珍貴、稀少的，只是有時候，我們一輩子都遇不上一個人，值得把自己最好的交出去，而有時候，真的遇到一個很好的人，反而把自己最好的部分留起來，因為我們最好的，不一定最適合對方呀。」

所以有時候，把最珍貴的部分留起來，為的是用最好的自己和他遇見，再用同樣好的自己，與他道別。

頓了頓，蛇繼續說：「但是不去傷害對方，也是保護他們的一種方式對吧？所以呀，不要討厭長大，把它想成重生吧，妳蛻皮六次，所以有七條生命，很厲害哦。」

聽見蛇的話，蠍子笑起來，說：「欸，可惡，我還差貓咪一點點。」

「貓咪？」

「妳沒聽過嗎？一種聽說可以征服宇宙的厲害生物，有九條命哦！雖然我沒看過啦。」

蠍子又說起關於貓咪這種生物的事，聽著聽著，蛇笑了起來，這個夜晚認識了太多她從不知道的故事，沙漠之外的事有些聽起來荒謬，像是有種結局叫做王子和巫婆從此過著幸福快樂的生活，有些聽起來卻像美夢，譬如蠍子說，這世界上有個人魚與貓能夠相戀的王國。

她們已經回到仙人掌旁，一片廣闊的沙地極為安靜，在黎明前的黑暗，世界彷彿失去聲音。

「好吧，不管討厭或喜歡，反正我早就蛻皮完了，只是，長大真麻煩，」蠍子打了個哈欠，小聲抱怨：「欸，妳說，像他們那麼長的一生都維持同一種模樣，那我們一直變得不一樣，他們還會不會喜歡我們啊？」

說著，她的聲音漸漸轉小，已經快要天亮，也是她該入睡的時候了。

啊，如果他也能喜歡這樣的我就好了。

迷糊之間，蠍子這樣想著，她沒有聽見蛇的回答。

第一道曙光曬上背殼的時候，蠍子醒了過來，不曉得什麼時候，蛇已經離開了，蠍子只能看到她優雅滑行的背影。

在清晨陽光的照耀下，她看見蛇的背上有兩道花紋，一道色澤偏深，一道是淺淺的金黃色。

「很漂亮呢。」仙人掌淡淡的聲音從頭頂傳來，她回來的時候，他便醒了。

撐著睡意，蠍子說：「誰？」

「金黃色的紋路，很漂亮。」

蠍子想到遠方離去的蛇，心裡有些難過，蛻皮多次卻永遠灰黑色的她，一點也不漂亮。

是不是因為仙人掌需要太陽，所以他很喜歡金色呢？像她每次抬起頭，都能看見仙人掌和金黃暖陽佔滿整個視線，柔和又溫暖地佔據著。

蠍子想起自己最喜歡的顏色，又更加氣餒了：她只愛金黃色，屬於仙人掌的燦爛顏色。

草草回應幾聲，假裝自己極睏，蠍子緊閉眼睛假裝入睡。

看著這樣的蠍子，仙人掌低低笑了起來。

她不會知道，當她準備深深入眠而他正好淺淺醒來的每個早晨，朝陽在她純淨色澤的背殼上反光，是他見過最美麗的金黃顏色。

而後來的日子，蠍子陷入深深的睡眠，連老鷹撲翅也沒醒來。

「她最近是不是睡得有點沉？」老鷹站在仙人掌頭上，歪了歪頭問。

「沒辦法，今年天氣太糟，對她來說有點辛苦。」

「她這次——我是說，今年，幾歲了？」

「快七歲了。」說完，仙人掌嘆了一口氣。

另一個接近清晨的夜，幾乎沒有覓食到獵物的蠍子呆呆地伏在仙人掌旁，無聊地開始數天上的星星，聽說有些動物睡不著的時候會數羊，她只能數天上的星星，看能不能成為它們其中一個，或者能早點入睡。

「在數星星？」

「欸？你怎麼醒來了？」

仙人掌說他睡飽了，沒有告訴她，他知道今天會是什麼日子。

「我跟你說哦，我最近在想，如果老鷹可以帶走蛇就好了，他們可以去很遠的地方啊，過著幸福快樂的生活。」蠍子低低地說：「那樣的話，你會捨不得嗎？」

「倒是挺捨不得少了個多話的傢伙，但他們能一起走的話，也很好啊。」他想起那個清晨離去的蛇，背上輕輕閃著兩條金色花紋，又想起那隻多話卻遲鈍的傢伙，忍不住笑了。

「可是，你、你不是喜歡她的金黃色……」

「呆。」

莫名被罵的蠍子一頭霧水，仙人掌卻沒有要解釋的意思。

「我，我也喜歡金黃色啊。」

「我知道。」這句話，他聽了好幾遍，有些已經久了，有些還很新，每一次聽見的時候，都像星空裂開一條縫，讓他看見更廣的宇宙。

蠍子沒有問他為什麼知道，她原本以為自己喜歡的是掛在天上那顆永遠碰不到的太陽，後來才發現，待在仙人掌身邊，就有陽光的顏色的味道，而她真正喜歡的，是他為她帶來的這種，其他任何誰給的，她都不要。

蠍子沒有問，因為她覺得有點累了，多日尋不到食物及水，讓她變得容易疲倦。

「從我身體裡拿一點水吧，妳喝一點對我沒影響，真的。」仙人掌不曉得這些天來第幾度說同樣的話。

「噢，你說用我的鉗子用力把你身體剝開，挖到有水的那一塊，拿出來餵自己一點，然後還不能放回去裝沒事的那種『拿一點水』嗎？不，我不要，謝謝。」蠍子也是，堅持著一樣的立場，說同樣的話，儘管已經很累，還是把話說完。

「我還是會活得好好的。」仙人掌強調。

蠍子喘了喘氣，慢慢說：「但我不想傷害你，一點也不想。」

這一回的朝陽依舊耀眼，依舊燦黃地亮起蠍子的背殼。

她的體溫應該隨著環境變化的，現在卻有些冷。

蠍子的聲音小小的、低低的。

「你、你不要隨便又跟別人說，要把水給人家。」

「水是你最珍貴的東西，不可以……不可以把最好的自己隨便給出去啦。」

「你覺得什麼時候會下雨呀？」

「希望到時候老鷹跟蛇，可以幸福快樂的活著。」

「欸，仙人掌，你要答應我，過得好好的哦。」

她的聲音融化在漸漸變暖的空氣裡。

仙人掌聽著、聽著，還沒答應最後那句話，便已經來不及。

他們聽說過，有一種魔法到十二點就會被解除，可是在十二點之前，都還有效。

他希望那種魔法可以降臨，讓他們再多一點時間，再多一點點也好。

他知道今天是什麼日子，用一切力量，都無法阻止她離開的日子，而日月、星辰和世界，都繼續運轉。

深夜第一滴雨落地的時候，仙人掌以為是自己終於哭了出來。

「……來得太晚了啊。」他苦澀地說，覺得自己的體內有什麼部分彷彿要炸開來一般，像是身體裡的水，和不斷落在蠍子身上的雨產生了共鳴，它們想要一起去某個地方。

真的好痛，仙人掌想。

他沒有心臟，卻能明白那些故事裡的心痛是什麼意思，就是有個地方痛得像是要迸出一朵血花，就是難過的時候，沒有眼淚能夠形容。

仙人掌不可以在太過濕的地方生活，蠍子也不行，那他們難過的時候，能夠大哭嗎？

她說那些水是他最重要最珍貴的東西，她總說，要把最好的自己留起來。那是她愛人的方式。

「我學會怎麼愛人，但是，我還沒學會怎麼愛別人。」他低語。

清晨的時候不再下雨了，朝陽斜斜曬過來。

仙人掌開出一朵黃色的花，在高高的地方，像是心臟一樣，花朵朝下綻開，正好對著蠍子背上的複眼。

「看，我開花了，是妳喜歡的金黃色，」仙人掌說。

聽說，如果在清晨的沙漠裡，看見一隻老鷹站在仙人掌上，那他一定是在等一條蛇來，一條背上有兩條金黃色紋路的蛇，只等她。

然後他們會一起跟仙人掌等待太陽升起，等下一場雨，等一隻蠍子，帶著懶散的好奇心來到這裡。

這裡是蠍子七次重生的地方，是她的七生之地。

她的，棲身之地。

後記

愛瑪的愛，是愛人的愛。

我們都知道，在這輩子碰面的那麼多人裡頭，能記住的真的不多。

因為那些人，我們重新認識了生活、迷途和世界，光是站在他們旁邊，就不怕大雨模糊了視線。

因為那些人，我們重新認識了情緒、夢想和故事，原來成為彼此的支持，是件複雜而困難的事。

然後，因為那個人，我們學會珍惜和捨得，學會保護和痛哭，也終於學會了愛。

關於「愛」這回事，你想到什麼呢？

願讀到此處的你，不管想起了什麼人、什麼事，能有一股莫名想哭又想笑的衝動，那麼，能夠接住你一滴眼淚，都是我和此書莫大的榮幸了。

我一直知道，自己寫下來的故事，絕對會在某個地方，不小心讓誰受傷，無論輕重，無論新舊，無論深淺，就那樣劃下一道傷，不曉得什麼時候會成為疤。

可是我也知道，每個人都有不同的方式去愛，而把他們寫下來，是我愛人的方式之一，也許有一天誰都想不起來了，就抬手翻開書頁，屆時可以自私地挑喜歡的地方回憶起來，剩下的就都如今天，留在字裡行間。

那些剩下的，若不是翻頁換下一章，就是輕輕闔上書頁，把一切都塞回書櫃了。

終有一天，我們會真的明白，有些曾經得來不易，有些真的來不及珍惜，可是放下從來不是丟掉，是收好。

這些日子以來誠摯地感謝命運的軌跡讓一切發生了，更感謝生命裡遇見的所有人，如果沒有你們，我也不會是現在的我。

謝謝在 Instagram 支持著我的讀者，一路走來互相逼哭對方（欸不是）再來個大抱抱，希望有朝一日能見見你們，喝杯咖啡聊聊天。

謝謝副總編秀梅和責編淑怡，陪著我完成這個目標，圓了十年前的夢想。

謝謝身旁的老朋友們，看我挖了一個又一個的坑，就這樣陪我跳下來了。

謝謝爸爸、媽媽和妹妹，支持著我的一切，並相信一切都會是好的。

謝謝親愛的K，你為我帶來的遠遠多於我能夠給予的，但此生能遇見你，真好。

國家圖書館出版品預行編目資料

還想在你的未來聽到我 / 愛瑪著. -- 初版. -- 臺北市 : 麥田出版 :
家庭傳媒城邦分公司發行, 2019.08
272面 ; 14.8×21公分. -- (寫字時區 ; 1)

ISBN 978-986-344-679-8(平裝)

863.55　　108010243

寫字時區 001

還想在你的未來聽到我

作者	愛瑪
責任編輯	陳淑怡
版權	吳玲緯　郭哲維
行銷	巫維珍　蘇莞婷　黃俊傑
業務	李再星　陳紫晴　陳美燕　馮逸華
副總編輯	林秀梅
編輯總監	劉麗真
總經理	陳逸瑛
發行人	涂玉雲
出版	麥田出版 104台北市民生東路二段141號5樓 電話：(886)2-2500-7696　傳眞：(886)2-2500-1967
發行	英屬蓋曼群島商家庭傳媒股份有限公司城邦分公司 104台北市民生東路二段141號11樓 書虫客服服務專線：(886)2-2500-7718、2500-7719 24小時傳眞服務：(886)2-2500-1990、2500-1991 服務時間：週一至週五09:30-12:00．13:30-17:00 郵撥帳號：19863813　戶名：書虫股份有限公司 讀者服務信箱E-mail：service@readingclub.com.tw 麥田部落格：http://ryefield.pixnet.net/blog 麥田出版Facebook：https://www.facebook.com/RyeField.Cite/
香港發行所	城邦（香港）出版集團有限公司 香港灣仔駱克道193號東超商業中心1樓 電話：(852) 2508-6231　傳眞：(852) 2578-9337 E-mail：hkcite@biznetvigator.com
馬新發行所	城邦（馬新）出版集團【Cite(M) Sdn. Bhd.】 41-3, Jalan Radin Anum, Bandar Baru Sri Petaling, 57000 Kuala Lumpur, Malaysia. 電話：(603)9056-3833　傳眞：(603)9057-6622 E-mail：cite@cite.com.my
美術設計	謝佳穎 Rain Xie
電腦排版	宸遠彩藝有限公司
印刷	沐春行銷創意有限公司
初版一刷	2019年8月1日
初版二刷	2019年8月2日

定價／330元
ISBN：978-986-344-679-8

城邦讀書花園
www.cite.com.tw